남은 음식

남은 음식

이상은 소설집

차례

여름의 명암   07

남은 음식   29

신부 입장   85

아름다운 나의 작업실   103

장미 빌라   133

우리가 사랑하는 방식   151

발문 | 김신식(감정사회학자, 작가)
팔자를 실감하더라도   169

작가의 말
기적의 날들이 아니더라도   181

여름의 명암

다음 글을 클릭했다. 벌써 열두 번째 포스팅이었다. 세 번째 포스팅에선 '선화님을 이웃추가하고 새글을 받아보세요'라는 알림 창이 떴다. 혹시나 잘못 누를까 눈을 똑바로 뜨고 정확히 '취소'라는 글자의 중앙을 눌렀다. 네이버에서는 블로그 포스팅을 독려하기 위해 매일 일기를 쓰면 현금처럼 쓸 수 있는 15,000 포인트를 지급해 주는 이벤트를 했다. 일상 포스팅을 쭉 써오던 사람들보다 돈이 목적인 나 같은 사람들이 훨씬 많이 참여한 것 같았다. 나머지 포스팅은 내일 보기로 하고, 우선 잠에 들었다. 그날 꿈엔 은하가 나왔다.

은하는 청바지에 운동화를 신고 있었다. 어깨 정도에서 삐죽삐죽 머리가 바깥으로 뻗어 있었다. 은하는 지하철을 기다리고 있었는데, 다가가 어디로 가냐고 물었다. 은하는 듣지 못했다. 어깨를 살짝 건드렸다. 그제야 나를 보고 고개를 갸웃했다.

어디 가?
모르겠어.

지하철이 도착했다. 은하가 탔다. 나는 타지 않았다. 아니 타지 못했다. 몸이 움직이지 않았다. 아마, 내가 탈 지하철이 아닌 것 같았다. 은하가 많은 사람들 사이에 섞였다. 지하철이 가속을 내며 사라졌다. 잠에서 깼다.

방에는 유난히 해가 잘 들었다. 분명한 장점이었지만, 방이 지나치게 더워졌다. 때문에 여름에는 상당히 이른 시간부터 더러운 기분으로 깨는 날이 잦았다. 빛을 가리기 위해 중고로 암막 커튼을 사서 방에 달았다. 방이 조금 시원해지고 많이 어두워졌다. 바라던 거였다. 반면 엄마는 싫어했다. 사내자식이 이렇게 살면 홀아비 냄새가 날 거라고 했고, 햇빛이 잘 드는 이 집을 사느라 본인이 얼마나 열심히 살아왔는지에 대해 구구절절 설명하곤 했다. 그런 말들도 내겐 소용없었다. 나는 그 말을 반찬 삼아 밥과 함께 씹어 삼켰다.

늦은 나이에 군대를 다녀왔고, 학교는 졸업을 유예했다. 아르바이트라도 하라는 부모님의 말에 나는 잠깐 하였지만, 그

돈도 친구들과 술을 몇 번 먹으니 금세 사라졌다. 그날 밥을 먹으며 엄마의 잔소리를 듣고 다시 침대에 누워 선화의 블로그에 들어갔다. 선화와는 중학생 때 알게 됐고 고등학교도 같았다. 같은 반을 몇 번 했고 눈을 마주치면 인사를 하고 지냈다. 근데 이 블로그가 정말 내가 아는 선화가 맞나? 글을 전체적으로 보면 선화가 맞는 것 같은데, 얼굴이 보이는 사진이 없었다. 다 어깨나 입꼬리 부분에서 사진이 잘려 있었다. 혹시 놓쳤나? 나는 스크롤을 내려 어제 봤던 글을 다시 눌렀다. 이번에도 하단에 '선화님을 이웃추가하고 새글을 받아보세요'라는 메시지가 떴고, 나는 홀린 듯 취소가 아닌 '추가'의 정중앙을 눌렀다.

*

구인구직 사이트를 보다가 동네 개천으로 산책을 나갔다. 걸으면서 동네를 보다 보니 그 블로그가 내가 아는 선화가 맞다는 확신이 들었다. 블로그에 올라온 사진은 우리 동네였다. 그리고 어떤 게시물에 언뜻 밝힌 나이가 나와 같았다. 이거만 가지고 확신하기는 애매했지만, 동네를 걷다 보니 확신이 들었다.

고요한 내 잠을 깨운 건 선화님이 나에게도 이웃추가를 했다는 알림이었다. 나는 내가 벌인 일이면서도 괜스레 당황을 했다. 다급히 내 블로그를 살폈다. 카테고리 이름은 '1', '2'로 단순했고, 친구들과 여행을 갔던 사진들이 세 페이지 정도 있었으며 가끔씩 허튼소리를 끄적인 게 한 페이지 정도 있었다. 조금 촌스러워 보이긴 했지만 딱히 이상한 말을 적지는 않아 흑역사로 취급되어 면 빠질 일은 없을 것 같았다. 팝업창이 떴다.

[선화님이 '190504'에 댓글을 남겼습니다. 혹시 온양 고등학교 윤상원이 맞나요? ㅎㅎ 나 유선화인데 기억해? 혹시 아니라면 죄송합니다^^!]

[맞아 ㅋㅋ 기억해 오랜만이다]

선화는 혹시 괜찮으면 카카오톡 아이디를 알려줄 수 있냐고 물었다. 아이디를 알려줬다. 오래간만에 마음이 촉촉이 젖는 기분이 들었다.

시간을 따져보니 벌써 2년 하고도 두 달이 지났다. 은하와 했던 연애. 은하와는 3년 동안 만났다 헤어졌다를 반복하다, 결국 헤어졌다. 은하는 스물두 살 때 국숫집 아르바이트를 하며 만났다. 내가 8개월 차였고 은하는 갓 들어온 신입이었다. 나는 은하에게 일을 알려줬다. 은하는 작은 실수에도 어쩔 줄 몰라 하며 여러 번씩 사과를 했다. 그런 은하를 연신 괜찮다는 말로 달랬고, 은하는 곧잘 웃었다. 어느 날 집에 가는 길에 은하는 나랑 있으면 안심된다며 든든해 기대고 싶다고 했다. 나도 은하 너를 챙겨주고 싶다고 했다. 그렇게 우리는 만났다. 그리고 우리가 헤어진 건, 아니 은하가 나를 떠난 건 내가 대학 막학기에 이를 때였다. 하루는 은하가 밥을 먹다가 눈을 찌푸리며 말했다.

　오빠, 제발… 먹을 때만이라도 그냥 생각 없이 웃으면서 먹으면 안 돼?
　너야 세상살이 불편한 거 하나 없으니까 그럴 수 있겠지.

　시간이 지나고 나서야 깨달았다. 그 대화가 우리의 마지막 대화였다는 걸.

*

　선화와는 2시간에서 4시간이라는 텀으로 끊길 듯 끊기지 않으며 매일같이 연락했다. 주로 동네에서 각자 보물처럼 여기는 장소들을 공유했다. 어디서 어디로 향하는 산책길이 예쁘고, 어디에 있는 식당이 의외로 계속 가고 싶고, 어디 카페가 꼭 서울에 있는 카페 같다는 얘기들. 그러다 하루는 선화가 자신의 집 근처 편의점 야외 테이블이 잘 되어있어 웬만한 맥주집보다 분위기가 좋다고 했다. 언제 같이 마시자. 내가 말했다. 사상 최고의 텀인 6시간 만에 답장이 왔다.

[음… 그래…! ㅋㅋ]

어딘가 찜찜한 답장에 대화를 다른 주제로 넘기려 했건만 되려 선화가 언제 시간이 괜찮냐고 물었다. 아무 때나. 그렇게 답하고 싶진 않았지만 나는 정말 아무 때나 가능한 사람이었다. 선화와는 금요일에 보기로 했다.

엄마 몰래 바지를 다리미로 다렸다. 한동안 뿌리지 않았던 향수도 오래간만에 뿌리고 밖을 나갔다. 후텁지근한 공기가 느껴져 여름이 왔음을 실감할 수 있었다. 나뭇잎이 여름 바람에 부딪히며 좋은 소리를 냈다. 매일 가던 편의점을 지나 골목을 꺾었다. 늘 편의점까지만 가던 내 일상의 결계를 푸는 느낌이 들었다. 거기엔 암막 커튼으로 가려 내 방에는 들어오지 못하는 화창한 햇살이 있었다. 천천히 그 빛을 따라 걸었다. 선화와의 약속시간까지는 10분 정도 남아있었다. 근처를 어슬렁어슬렁거리다 보니 선화가 거의 도착했다는 연락을 보냈다. 앞에 있다고 답장하고서 멀뚱멀뚱 서 있으니 누군가 내 어깨를 톡 건드렸다. 뒤를 도니 선화가 아니라 모르는 여자가 서 있었다.

오랜만이야… 나 선화야!

선화라고? 선화는… 선화가 아니었다. 여자는 배시시 웃으며 고개를 끄덕였다. 영문은 모르겠지만, 선화라고 말하는 여자와 함께 편의점에 들어가서 맥주 4캔과 과자를 샀다. 선화를 곁눈질로만 보며 의자에 겨우 앉았다. 선화는 다 안다는 듯이 부드럽게 웃었다.

얼굴이 많이 바뀌었지?

선화는 얼굴 주변을 손으로 쑥스럽게 훑으며 그렇게 말했다. 곁눈질에서 점차 선화를 정확히 봤다. 선화의 눈동자 위로는 선명한 곡선이 눈꼬리까지 이어져 있었다. 수술인지 시술인지 모르겠다만 갸름한 턱 위로 콧방울 끝이 톡 올라와 있었다. 그 외에도 정확하게 어디가 어떻게 바뀌었는지 알기는 어려웠지만, 선화는 분명 정말로 많이 달라져있었다.

어떻게 지냈어?
나 그냥 졸업 유예하고 일자리 알아보고 있지.
잘 지냈네!

놀랐다. 정말로? 내가 잘 지냈다고? 나는 놀라 반사적으로 그렇게 물었는데, 선화는 아무렇지도 않은 표정으로 이렇게 말했다.

왜? 다른 사람들도 그렇게 살잖아. 그럼 괜찮은 거 아닌가?

순간 그런가, 하는 생각이 들었다. 선화에게 질문을 되물었다.

넌 어떻게 지냈어?
나… 나는 뭐, 나도 뭐… 그냥 그렇지.

선화는 맥주 캔을 만지작거리면서 말했는데, 예전과 많이
달라진 얼굴을 두고 하기엔 맞지 않는 말이라는 걸 아는 듯했
다. 물을까 하다 말하기 싫을 수도 있을 거라고 생각해 말을
꺼내지 않았는데 선화가 맥주를 한 모금 마시고선 조그만 목
소리로 말했다.

나는 잘… 안 풀렸어.

처음에는 연애가 그랬고, 그다음엔 취업이 그랬다고 했다.
듣자 하니 처음 사귄 남자 친구가 선화의 외모 지적을 많이 한
것 같았다. 그리고 취업. 취업을 위한 성형. 나도 이해가 됐다.
언젠가 나도 '면접 성형'이라는 단어를 포털 사이트에 검색했
으니까. 그때 어떤 일을 하려고 그랬는지는 기억나지 않지만.

지금은 무슨 일해?
그냥… 경리 일하고 있어!

선화는 남은 맥주를 입에 털어 넣었다. 두 번째 캔은 날씨

탓에 미적지근해져있었다. 저녁이 됐어도 여름은 여름이었다. 여름이면, 벌써 한 해의 반이 지나갔음을 뜻했다. 난 지금 뭘 하고 있지? 내가 아무것도 하지 않으면서 반년을 보냈다는 사실과 앞으로 남은 반년도 아무런 계획이 없다는 사실에 갑자기 목이 턱턱 막히는 느낌이 들었다. 맥주를 더 들이부었다. 패배자의 기분이 빨리 가시길 바라면서.

선화는 틈만 나면 핸드폰 액정으로, 손거울로 얼굴을 확인했다. 선화는 참 예뻤다. 그런데 선화는 행복할까? 오랜만에 낯선 이성과 맥주를 마시니 그런 추상적인 것들이 알고 싶어졌다. 선화를 데려다주는 길에 나는 결국 연락하자고는 먼저 말했으면서, 막상 만나자는 말에는 싫어하는 것 같았다는 서운함을 술기운을 빌려 말했다.

모르겠어. 자신감이 생기다가도 부끄러워. 돈 들여서 수술해놓곤 참…
선화야, 너 행복해? 행복해야 돼.

술기운이 오른 나는 난데없이 선화에게 행복을 말했다. 선화의 눈이 반짝거렸다. 술기운으로 착각한 줄 알았으나 선화가 나에게 잦은 연락을 하는 것으로 착각이 아니라는 것을 알 수 있었다.

*

우리는 자주 만났다. 보통 선화가 퇴근하고 오는 시간에 맞춰 동네를 나가, 저녁을 먹고 산책을 했다. 선화는 내가 돈이 없는 걸 알아 주로 큰 금액을 지불했다. 나는 주로 커피나 아이스크림 정도를 샀다. 적지만 모아놓은 돈을 쓰다가 그마저도 어려워지자 가족들이 동전이 생길 때마다 넣어 놓는 저금통에서 500원짜리 여러 개를 몰래 꺼내 가까운 가게에서 지폐로 바꿔 선화를 만나러 갔다. 하지만 그것도 계속할 수는 없었다.

일자리를 본격적으로 알아보기 시작했다. 오랜만에 다시 면접을 봤다. 동네 작은 가게에서 할 수 있는 아르바이트부터 중소기업의 단기 계약직까지. 일곱 번째 면접에서 합격 연락을 받았다. 작은 회사의 서류 정리 업무였는데, 글자와 숫자만 안다면 누구나 할 수 있는 업무였다.

선화와 나의 관계는 연애는 아니었지만 연애가 아니라고 하기엔 연애에 가까운 사이였고, 암묵적으로 서로 볼 수 있는 시간을 비워놓았다. 그러다 연애관계로 번지게 된 건 선화가 나에게 '너랑 있으면… 뭔가 든든하달까?'라고 말한 날이었다. 외로워 보이는 선화를, 나보다 거울을 많이 보는 선화를, 챙겨주고 싶었다. 우리는 그동안 서로의 말에 감동했고 서로에게 느꼈던 애틋함을 고백했다.

월급을 받으면 우리는 평소보다 조금 비싸고 맛있는 걸 먹으며 기분을 냈다. 그간 일도 하지 않고 우울해하던 내가 다시 밖에도 나가고, 몸에 뿌린 향수의 향기가 방에 남아있으면 엄마는 그렇게도 기뻐했다. 요즘 너무 좋아 보인다고 양손을 깍지 끼며 기뻐했다. 행복해하는 엄마를 보니 기분이 나쁘지 않았다. 왠지 선화도 행복해질 수 있을 거라는 희망이 생겼다. 그리고 그렇게 된다면, 그렇게 만드는 사람은 내가 아닐까 하는 우수에 젖은 기대가 생겼다.

출근길에 오늘 일기 포스팅을 올렸다. 포인트를 받기 위해 까먹지 않고 업로드한 포스팅엔 일종의 서사가 눈에 보였다. '혼밥' 또는 '혼자'라는 단어가 많던 포스팅엔 점점 '친구'가 등장했고, 그 친구가 이제는 '여자친구' 또는 '애인'으로 바뀌었다. 사진도 점점 많아졌다. 전에는 마땅한 사진이 없어 사진첩 스크롤을 내리고 내리다 적당한 걸 골랐는데, 이제는 되려 사진을 고르는 게 귀찮아져 기록을 생략하는 일상마저 생겼다. 선화를 만나면서, 사랑을 하면서 내 일상의 형태가 바뀌었다. 선화의 블로그도 마찬가지였다. 선화의 포스팅엔 나와 함께했던 일상이 많이 있었고, 나와 함께하지 않았어도 모두 내가 알고 있는 사진들이었다. 선화의 글이 행복해 보였다. 그 사실을 깨달음과 동시에 은하가 떠올랐다.

은하의 블로그에 들어갔다. 은하도 오늘 일기 챌린지를 하고 있었다. 은하는 이런 이벤트를 잘 알고 활용한다. 자신이 덜렁댄다고 말하지만 옆에서 본 바로 은하는 꼼꼼했다. 은하의 포스팅을 천천히 봤다. 선화에게는 잔다고 하고서. 은하의 포스팅을 보는 건 자연스러웠다. 은하가 좋아하는 장소와 음식 모두 내가 이미 알고 있었다. 내가 생각하고 있는 흐름대로 일상이 흘러갔다. 여러 가지 반지 사진을 올리고 '어떤 걸 샀을까요?'라는 물음에 어떤 반지를 샀을 거라고 예상하면, 그다음엔 바로 내가 예상한 반지를 샀다는 내용이 이어졌다. 날씨가 좋으니 자전거를 탔겠지, 하면 자전거를 탔다는 얘기가 있었고 어딜 가든 시그니처 메뉴 먹어보는 걸 좋아하니 메뉴판만 봐도 은하가 먹은 메뉴도 맞출 수 있었다. 은하에 대해 알고 있는 사실이 이렇게도 많다는 게 신기했다. 그런데 우리는 왜 헤어졌을까. 그 생각이 들자, 은하의 포스팅을 누르기가 무서워졌다. 그러면서도 은하와 내가 헤어졌던 시기의 포스팅을 찾았다.

그 시기의 포스팅은 다른 시기보다 사진이 별로 없었고, 글자가 많았다. 글은 무기력했다가, 슬펐다가, 지쳤다가, 우울해 보였다. 아무것도 하기 싫다. 여행을 가고 싶다. 역시 세상은 혼자 사는 거다. 세상에 사랑은 없다. 같은 말들. 와중에 거기에 업로드된 사진들이 은하가 좋아하는 디저트라는 게 귀엽기도 했다. 이후 포스팅은 점차 밝아졌다. 글이 적어지고 사진이 많아졌다. 이따금 어색하게 얌전을 떨며 저녁을 함께했던 은하의 친구들도 볼 수 있었다. 은하의 블로그를 빠져나와 내 블로그로 들어갔다. 챌린지의 마지막 포스팅을 썼다. 오늘 일기 챌린지를 성공했다는 알림이 떴다. 15,000 포인트가 충전됐다.

*

회사에서는 나의 업무 처리가 맘에 든다며 정규직을 제안했다. 자소서와 면접을 준비할 필요 없이 정규직으로. 더 많은 월급을 받을 수 있는 상황을 거절할 이유 같은 건 없었다. 흔쾌히 제안을 받아들였다. 그러나 막상 일을 시작하니 업무의 양과 강도가 단기 계약과는 전혀 달랐다. 나른하게 지내다가 갑자기 하루 만에 뻘뻘대며 일을 배우니 허둥대는 기분이 영 별로였지만, 나에게는 선화가 있었고 엄마가 있었다. 더 이상 밥을 얻어 먹는 것도, 잔소리를 듣는 것도 그만하고 싶었다. 일을 해야만 했다.

그러면서부터 선화가 나에게 서운해하는 일이 많아졌다. 그런 선화의 마음을 모르는 건 아니지만, 나의 힘듦을 몰라주는 선화에게 서운하기도 했다. 선화와 다투는 날이 잦아졌다. 전보다 비싸고 맛있는 걸 먹으면서 우리의 대화는 줄어들었다. 선화는 우리가 처음 만났을 때처럼, 다시 거울을 자주 보기 시작했다.

거울을 왜 그렇게 자주 봐?

선화가 머쓱하게 거울을 집어넣었다. 이마 쪽에 시술을 받을 생각을 하고 있다고 말했다. 순간 선화라는 인간이 질리며 답답하게 느껴졌다. 화난 말투를 최대한 억누르며 이유를 물었다. 돌아오는 대답은 '그냥… 뭔가…'라는 모호한 대답이었다.

그러면 행복할 것 같아?

누른다고 눌렀는데 결국 화난 어조로 물었다. 선화는 불현듯 놀란 토끼 눈을 했다. 눈이 빨개지고 있었다. 내가 잘못된 말을 했다는 걸 선화의 눈을 보고서 깨달았다. 이미 늦은 때였다. 선화가 나에게 뭐라고 말했는데, 급하게 머릿속을 정리하느라 무슨 말인지 들리지 않았다. 계속해서 미안하다고 했는데, 선화는 실시간으로 눈이 부어갔다. 집에 돌아가서도 선화에게 계속해서 미안하다는 메시지를 보냈다. 답장은 없었다. 그날 밤 꿈에 은하가 나왔다.

은하와 나는 지하철에 타고 있었다. 은하는 헤드폰을 쓰고 앉아 있었고, 나는 은하에게 어떤 말을 하고 있었다. 그 말이 무슨 말인지는 모르겠다. 꿈속에서 내 목소리는 나에게도 음소거가 되어 있었다. 은하는 헤드폰을 쓴 채로 맞은편만 바라보고 있었다. 내릴 역이 다가왔다. 은하에게 다급히 내가 전하고 싶은 말을 쏟아내듯이 뱉었다. 은하는 문 앞에 서 있는 나를 가만히 쳐다보며 눈을 느리게 껌뻑였다. 왠지 그게 인사처럼 느껴졌지만, 인사라고 확신할 수는 없었다. 그 역에서 내린 사람은 나밖에 없었다. 내린 곳에도 아무도 없었다.

*

다행히 선화는 나의 사과를 받아줬고, 우리는 여름을 넘기고 가을을 맞이하고 있었다. 편의점 야외 테이블에서 먹기에는 쌀쌀한 계절이었다. 선화는 네일 아트를 받았다며 가을에 어울리는 붉은 갈색으로 칠한 손톱을 내게 보여줬다. 뿌리 염색도 했다며 머리 위를 가리켰다. 예쁘네. 내가 말했다.

근데 암막 커튼 얼마나 해?
암막 커튼 달려고?

잠을 잘 못 잔다고 했다. 꿈을 자주 꾸냐 물으니 꿈은 꾸지 않지만 깊이 자지 못한다고 했다. 내가 암막 커튼을 달아서 빛이 들어오지 않는다고 스치듯 말했던 걸 기억하고 있었다. 나는 내가 한 말을 더듬어봤다. 암막 커튼을 달고 나서 빛은 들어오지 않았지만, 내가 잠을 잘 잤나? 따져보면 암막 커튼이 생기기 전에도 잠을 못 잤던 건 아니었고, 달고 나서 잠을 그렇게 잘 잤던 것도 아니었다. 잘 자기 시작한 시기는 일을 다

니고 나서부터였다. 그러니까 내가 쓸모 있는 사람으로 취급
되면서부터. 만약 내가 일을 관두어도 새로운 사람을 뽑아 가
르치면 누구든지 할 수 있는 일이긴 했지만, 누구도 그렇게 말
하진 않았고 모두가 그 과정 자체를 귀찮게 생각했으니 아무
렴 내가 쓸모 있는 사람이었다.

암막 커튼을 선화 모르게 대신 찾아보고 구매를 했다. 어떤
카드로 할까 생각하다 쌓여있던 15,000원 포인트를 사용했다.
내 돈 7,600원을 보태 결제를 완료했다. 선화의 집에 가니 방
금 씻은 선화가 몸에 남은 물기를 닦으며 앉아있었다. 걸려있
는 커튼 봉을 내렸다. 아래엔 혹시나 도와줄 게 있을까 싶어
목을 위로 쭉 뺀 선화가 있었다. 커튼을 바꿔 달고, 커튼을 끝
까지 쭉 쳐봤다. 방이 순식간에 어두워졌다. 탁자나 의자 모서
리에 빛이 가느다랗게 내려앉았다. 선화와 함께 그 빛을 쳐다
보다 서서히 가까워졌다. 입술을 포갰다. 어두운 방에서 하는
키스는 더 선명했다.

선화와 나의 사이는 무던하게 길어졌다. 싸움도, 사소한 다
툼도 없었다. 계절이 바뀔 만큼 시간을 겪어내며 서로를 어떻
게 대해야 하는지 알았다. 다만, 선화가 점점 말라갔다. 살이
빠지는 게 아니라, 메말라가는 것 같았다. 물을 안 준지 오래
되어 마른 식물처럼. 시술을 받겠다는 말도 더 이상 하지 않았
는데 그게 현재가 마음에 들기 때문에 그러는 것 같진 않았다.

꼬박꼬박 챙기던 뿌리 염색도 하지 않았고, 네일 아트도 초가을 네일 아트가 마지막이었다. 이따금 선화의 손을 잡을 때면 부러진 손톱 때문에 손바닥이 까슬거리기도 했다.

선화에게 요즘 컨디션이 안 좋아 보인다고 이야기를 했다. 선화는 바로 눈물을 쏟아냈다. 어쩔 줄을 몰라 테이블에 있던 티슈를 급하게 여러 장 뽑아 선화에게 건넸다. 휴지가 선화의 얼굴에 닿자마자 진하게 투명해졌다. 그렇게 한 10분가량이 지났을 때, 선화의 감정이 겨우 가라앉았다. 그리고 선화는 말했다. 헤어지자고.

미안해. 내가 못나서 그래.
이유가 뭔데?
아닌 것 같아. 난 아직… 아닌 것 같아.

뭐가 아닌 것 같냐 재차 물었지만 선화는 그냥 자신이 사랑을 받을 수 있는 사람이 아니고, 사랑에 어울리는 사람이 아니며, 사랑할 준비가 되지 않은 것 같다는 말을 했다. 선화의 문장 속에는 내가 모르는 단어는 없었지만, 그 단어들끼리 모여 도대체 무슨 말을 하고 있는 건지는 알 수가 없었다. 노을이 물들 때쯤 선화가 떠났다. 얼마간 있다 나도 자리에서 일어났다.

선화는 아무 연락도 없었고, 퇴근 후 원래 가던 골목 어귀에서 어슬렁거려도 선화를 볼 수 없었다. 나를 마주칠까 경로를 바꾼 것 같다는 확신이 들 정도로. 그러던 선화랑 우연히 마주친 건, 우리가 처음 만난 편의점이었다. 그쯤엔 마주치는 걸 아에 포기했던 때라 선화를 보고 진심으로 놀랐다. 놀라는 연기가 아니라 진심으로 놀라는 모습을 보여주게 돼서 다행이라는 생각이 들었다. 모르는 척을 해야 하나, 했는데 선화가 자연스럽게 눈빛을 보내며 아는 체를 했다.

동절기라 야외 테이블은 접혀 있었다. 우리는 선화의 집으로 걸으며 대화했다. 선화는 나의 안부를 물었다. 일을 하고 있고, 이따금 내키면 산책을 하거나 집에서 유튜브 정도를 본다고 했다.

잘 지냈네!

의아한 얼굴로 선화를 쳐다보자 선화는 천진한 표정으로 '왜? 다른 사람들도 그렇게 살잖아'라고 말했다.

너한텐 다른 사람들처럼 사는 게 잘 지내는 거야?
무슨 소리야?
묻는 거야.

선화는 내 말에 성질이 돋아 날카롭게 쳐다봤다. 때문에 우리는 집에 다다를 때까지 아무 말도 하지 않았다. 그러다 집에 도착했을 때, 선화는 나를 정확하게 보고 용기를 내듯 숨을 들이마시고 말했다.

다른 사람들처럼 사는 거… 그게 내가 원하는 삶이야.
아니, 선화야 내 말은…
나한텐 그게 특별한 거야.

선화가 내 말을 더 들어주지 않고 뒤를 돌았다. 선화의 마지막 모습이었다.

*

그날도 꿈을 꿨다. 저번 꿈과 이어졌다. 내린 지하철역에서 두리번거리던 나는 누군갈 찾고 있었다. 내가 찾고 있는 사람은 여태의 꿈처럼 은하인 줄 알았는데, 내 입에선 '선화야'라고 소리치고 있었다. 걸어가던 선화가 뒤를 돌아봤다. 선화는 무슨 말을 했는데, 열차 소리 때문에 선화의 목소리가 도통 들리지 않았다. 뻐끔대는 입모양으로 말을 유추해 보려했지만, 불가능했다. 그러나 선화는 내가 알아듣지 않아도 괜찮은지 부드럽게 웃었다. 미소와 달리 조금 슬퍼 보이는 눈을 하고 계단으로 걸어나갔다. 도착한 열차가 어두운 통로를 빠져나가고 이내 조용해졌다. 텅 빈 곳에 내가 서 있었고, 모두가 나를 떠나갔다.

꿈에 너무 기운을 뺏긴 탓에 물을 마시려 부엌에 갔다. 차가운 보리차를 꺼내 따르는데, 문득 여름날 선화와 함께 먹었던 맥주가 생각났다. 물을 가지고 방으로 들어오니 암막 커튼 사이로 실낱같은 빛이 탁자와 의자 모서리에 내려 앉았다. 그 풍경을 멍하니 바라보고 있자니 꿈속인 기분이었다. 방을 둘러봤다. 빛을 제외한 모든 곳이 어두웠다. 아마 선화의 방도 이런 모습일 것이다. 행복하게 해줄 수 있을 줄 알았는데. 나는 그런 혼잣말을 했다. 그리고 그 대상은, 선화뿐 아니라 나도 포함되었다. 빛의 길이가 짧아졌다. 다급한 마음에 커튼을 젖혔는데, 환해지는 게 아니라 은은하게 어두워졌다. 나홀로였다.

남은 음식

강신애씨 보호자 되시죠?

수화기로 그런 질문이 들렸다. 낯선 목소리에 몇 초간 멈칫하며 그 이름이 누군지 생각했다. 엄마였다. 깨달은 동시에 질문 하나가 더 수화기로 넘어왔다. 한선씨 맞으세요?

네. 맞는데요.
도난 사건으로 동천 지구대로 출석해 주세요.

앞에는 남자의 말이 빠르게 흘러가 명확하게 들리지 않았는데, '도난'이라는 단어만큼은 또렷하게 들렸다. 남자에게 더 묻기도 전에 전화가 끊겼다. 잠깐 벙쪄있다 화장실에 들어갔다.

미지근한 물을 얼굴에 끼얹으면서 생각했다. 엄마가 뭘 도난 당한 거지? 소매치기? 소매치기가 요즘도 있나? 그런데 이런 대낮에? 엄마가 귀티가 철철 흐르는 사람도 아닌데, 엄마한테 뭘 훔치겠다고?

오랜만에 꺼낸 옷 대부분에선 답답한 냄새가 났다. 상의 하의 모두 매끈하게 들어가질 않았다. 예전엔 이 사이즈가 어떻게 여유롭게 맞았던 거지. 옷을 입으니 영 엉성해 보였다. 결국 고3 시절 독서실에 갈 때나 입었던 후줄근한 후드티와 고무줄 바지를 입고 바깥으로 나섰다. 누군가를 마주칠까 민망해 머리를 귀신처럼 늘어뜨리고 고개를 숙인 채 핸드폰만 쳐다보면서.

지구대는 걸어서 15분 정도였다. 바깥에서 보이는 지구대 안에는 아무도 없었다. 밖에서 보이지 않는 시야에, 그러니까 저 안쪽에 엄마가 있는 건가? 정말 저 지구대에서 전화를 한 건가? 지구대의 문을 조심히 밀었다. 열자마자 오른쪽에서 익숙한 목소리가 들렸다.

정말 죄송해요. 제가 원래 이런 사람이 아닌데, 딸… 우리 딸 주려고 그런 거예요. 순경님도 따님, 아니 결혼하셨어요? 아 결혼 아직 안 하셨어요? 그래도 순경님도 엄마가 아끼실 거 아니에요. 그렇죠? 알죠? 엄마들 마음이 어떤지? 그냥… 그냥… 우리 애가 통 사람처럼 살지를 않아서…

아마도 강신애일 중년 여자의 뒷모습이 이쪽 봤다 저쪽 봤다 하며 두서없이 말하고 있었다. 여성 순경에게는 시선을 꽂은 채 '너는 알잖아. 여자면 날 도와줘야지'라는 어조로 말하고 있었다. 정신없는 그녀의 이야기를 듣던 순경들의 표정은 바늘로 콕 찌르면 한숨이 나올 것만 같았다.

선의 등 뒤로 문이 닫히고 그 위에 달린 종이 딸랑- 청명한 소리를 냈다. 그들의 시선이 일제히 선에게로 옮겨졌다. 이어서 강신애도 뒤를 돌아봤다.

선아!
강신애씨 보호자 되세요?

선이 고개를 위아래로 끄덕이자 모두가 시름을 던 표정을 했다. 동시에 그들은 그러지 않는 척하며 선을 위아래로 훑어봤는데, 두 발로 잘 서 있는 선을 보며 생각보다 양호하다는 표정을 짓기도 했고, 몇몇은 '아… 저래서'라는 표정을 지었다. 복잡한 부끄러움이 마음속에 일었다. 선은 그런 시선을 어영부영 흡수하며, 강신애의 옆 의자에 앉았다.

책상에는 '기적의 솔잎 기름'이라는 문구가 적힌 초록색 박

스가 보란 듯이 누워있었다.

강신애씨가 재직 중인 굿모닝 마트에서 솔잎 기름을 훔치셨어요.

선이 신애를 쳐다봤다. 눈을 피했다. 사실이라는 뜻이었다.

따님 주려고 그러신 거라는데, 알고 계세요?
아니요. 전혀…

선이 시킨 행동인지, 강신애의 단독 행동인지에 대해 확인해 보는 질문이었다. 순경은 한숨을 푹 쉬며 어떤 종이를 줬고, 작성하라고 했다. 매장과 얘기 후 강신애씨에 대해서 합의를 볼지, 처벌을 할지는 후에 연락을 드릴 테니 자택으로 돌아가라고 했다. 신애는 선과 나란히 걷지 못하겠는지, 선을 뒤따라 걸었다. 선이 뒤를 돌아 신애와의 거리를 살폈고, 신애는 그 눈빛을 용서의 의미로 해석했는지 선의 옆에 찰싹 붙었다.

솔잎 기름은 왜?

도대체 누가 바람을 넣었을까. 백화점에서 일해 좋은 물건을 많이 알고 있는 수현 아줌마인가, 매일 취해있는 영주 아줌마인가, 직장에 같이 다니는 윤화 아줌마인가.

선아, 근데 옷이 이것밖에 없었어?

대답은커녕 선의 옷차림새를 탐탁지 않아 했다. 살찐 걸 어떡해. 등신같이 처먹는 걸로 스트레스를 풀어서 어떡해. 선은 그런 말을 속으로 뱉었다. 신애는 천진한 목소리로 돈가스를 먹으러 가자고 했다. 선이 너 돈가스 좋아하잖아. 엄마 그게 언제 적 얘기야. 왜 너 잘 먹잖아. 신애는 아랑곳하지 않고 분식집 문을 열어젖혔다. 테이블에는 끈적끈적한 느낌이 남아있었다. 나무 패턴으로 된 시트지를 붙여서 그런 건지, 위생적으로 부족해서인지 판단하기가 어려웠다. 신애는 돈가스를 시키면서 떡볶이도 시켰고, 김밥도 시켰다.

뭐 더 시킬까?

고개를 절레절레 흔들었지만, 신애는 '먹어보고 더 시키자'라고 말했다.

음식이 나왔고 메뉴는 세 개였다. 테이블에는 김치와 단무지가 이미 놓여있었기 때문에 접시들을 테트리스 하듯 요리조리 끼워 넣어야 했다. 테이블 공중에 김이 모락모락 났고, 고소한 참기름 냄새부터 매운 고추장 기운과 기름진 소스 냄새가 엎치락뒤치락 섞였다.

잘 먹어야 돼. 잘 먹으면 다 나아.

신애는 선이 병에라도 걸린 줄 아는 건지 그렇게 말했다. 본인은 먹는 둥 마는 둥 하면서도 돈가스 몸통을 집고 앞뒤로 소스를 듬뿍 묻혀 선에게 줬다. 돈가스에 딸려 나오는 밥이 부스러기처럼 남자마자 신애가 말했다. 밥 더 달라고 할까? 아니 괜찮아. 선의 말이 끝나자마자 신애가 말했다. 여기 밥 좀 더 주세요.

먹어. 잘 먹어야 돼.

신애는 언젠가부터 틈만 나면 그런 종류의 말을 계속했다. 먹어. 잘 먹어야 돼. 선에게 그 말은 '먹어'가 아니고 '살아'라는 말로 들렸다. 살아. 잘 살아야 돼. 그 말을 들을 때마다 소름이 끼쳤다. 사실 선은 신애가 그 말을 하기 시작한 시점의 일을 기억한다. 남들이 들으면 아직도 못 잊었냐고 할, 그런 건 다 누구나 있는 일이니 잊어버리라고 할 그런 일. 그러니까 선이 처음으로 사랑한, 가족 바깥의 사람 건우와의 이별. 선은 건우와 헤어지고 나서부터 어딘가 부품이 떨어져 나간 기계처럼 제 기능을 하지 못했다. 삶에 대한 의지 같은 건 선의 마음에서 사라진지 오래였다.

건우를 알게 된 건 20대 초반이었다. 학교 사람들이 많이 자취하는 원룸 건물에 건우는 8층, 선은 9층에 살았다. 수업 시간이 비슷한지 건우와 선은 엘리베이터에서 잦게 마주쳤다. 그러다 하루는 엘리베이터 점검인 날이었는데, 전날 술을 퍼마시고 아침에서야 들어오던 건우가 계단을 오르고 오르다 숫자를 잘못 세 선이 살고 있는 9층까지 가버린 거다. 과제를 하러 집을 나서려는데 문 손잡이가 선의 손을 피해 아래로 내려갔다. 이어서 문이 덜컥였다. 순간 놀라 나자빠질 뻔했는데, 계속해서 번호를 누르는 소리가 들렸다. 숨을 죽이고 도어 렌즈에 오른쪽 눈을 바짝 갖다 댔다. 선이 건우의 얼굴을 처음으로 정확하게 본 날이었다.

문을 열고 건우에게 조심스럽게 '여기 9층이에요'라고 말했다. 건우는 해롱대면서도 고개를 꾸벅 숙이며 '죄송합니다'라고 했다. 그리곤 알아서 가는 듯하더니, 등을 돌려 선에게 말했다. '그러면 8층은 어떻게 가야 돼요?' 선의 얼굴에 순간 포슬포슬한 웃음이 터져버렸고, 그건 대학 시절 동안 처음 짓는 진실된 웃음이었다. 선은 건우를 8층으로 데려다줬다.

감사합니다. 다음에 꼭… 인사드릴게요…

카페에서 과제를 하면서도 아침의 일이 순간순간 떠올랐다. 그 일은 선의 입꼬리를 올렸다. 점심을 먹으러 들어간 국밥집에 건우가 있었다. 해장을 하는지 그릇을 통째로 잡고 국물을 들이켜고 있었다. 아무리 조그만 원룸촌이라도 그렇지 민망할 정도로 자주 본다고 생각하는 동시에 어쩌면 인연일까? 하는 로맨틱한 생각이 마음속에 피어났다.

그렇게 오며가며 인사를 하다 어쩌다 커피를 마시고 어쩌다 산책을 하고 어쩌다 맥주를 같이 마시다 보니 같이 집에 들어가기도 했다. 건우와 선은 같이 살다시피했다. 누구의 물건이 누구의 집에 있는지 모를 정도로. 그래서 생각지도 못한 날 신애가 집에 왔을 때, 신애는 건우의 존재를 알 수밖에 없었다. 신애는 충격을 먹긴 했지만, 그래도 건우가 착해 보인다며 조심히 잘 만나라고 했다. 두려움이 부드러움으로 바뀌던 그날, 선은 건우와 자신 사이에 생길 어떤 두려움도 그날처럼, 그날의 부드러움처럼 바뀔 거라고 생각했다.

그런 건우가 난데없이 이별을 고한 이유는 자기 인생이 중요하다고 했다. 선은 본인이 뭘 잘못했는지, 혹시 다른 사람과 마음이 깊어가고 있는 건지 물었지만 건우는 모두 아니라고 했다. 정말로 이제는 이 관계에 더 할 수 있는 게 없다고 했다. 선은 이해가 되지 않았다. 건우는 엊그제도 사랑한다고 했었다. 그렇다면 이따금씩 자신을 마음에서 비워냈을 수도 있다는 참을 수 없는 결론이 섰다.

선은 두려움을 느꼈고, 심지어 배신감까지도 들었다. 그러나 실제로는 건우에게 제발 떠나지 말라고 애원했다. 건우는 동정의 마음으로라도 잡혀주지 않았다. 타인에게서 처음으로 배운 사랑은 너무 아름다웠지만 끝내 그 모습은 바뀌었고, 선의 마음도 징그러울 정도로 척박해졌다. 징그러운 마음은 전염성이 있는지 마음이 아니라 생활과 겉모습에도 퍼졌다. 눈을 뜨기 싫었고, 눈을 뜨면 먹기만 했다. 살은 불어났고, 피부는 허옇게 일어난 상태로 틈만 나면 간지러워 벅벅 긁어대 곳곳이 상처였다. 아무도 만나기 싫고, 사회성은 바닥을 쳤다. 누군가를 만나고, 관계를 가진다는 것은 남의 일이 됐다.

*

신애는 냉장고 속에 거의 머리를 박은 채로 무언가를 찾았다. 저번에 마트에서 가지고 온 요구르트가 있었는데…라고 말하면서. 요구르트가 한참 안쪽에 있는지 신애는 냉장고 앞쪽에 있는 음식들을 꺼내 식탁 위에 두었다. 하나하나 쌓여 식탁을 가득 메운 음식들은, 모두 어디서 받은 것들이었다. 마트에서 유통기한이 지나 폐기를 해야 했던 반찬, 친한 식당 아줌마가 준 남은 밥, 미용실 아줌마가 결혼한 딸에게 보내주려 했는데 임신을 해서 먹지 못한다던 김치까지. 가까스로 요구르

트를 찾은 신애는 선의 의사는 묻지도 않고 요구르트를 건넸
다. 후식. 신애는 사람 좋은 웃음을 지어 보였다. 요구르트에
는 검은색 점자로 어제의 날짜가 적혀 있었다.

식탁에 앉아 발가락으로 익숙하게 선풍기를 틀고 바람을 쐬
고 있는 신애 앞에 슬그시 앉았다. 물어봐야 했다. 기적의 솔
잎 기름에 대해서. 그게 왜 필요하다고 생각했는지. 선에게 왜
기적이 필요한지에 대해.

솔잎 기름이 여기저기 다 좋대.

신애가 선수쳐 말했다.

피를 맑게 해준대. 그럼 병도 예방되고 심지어 앓고 있는 병
도 낫게 해준대.

신애는 확실히 선이 어떤 병에 걸려서 이 지경이 된 거라고
생각하고 있었다. 아니, 그렇게 믿고 싶은 것 같았다. 잦은 염
색으로 얇고 건조해진 신애의 머리칼 사이사이로 선풍기 바람
이 통과했다. 신애는 허공을 보고 아무렇지도 않은 말투로 말
했다.

빨리 나아. 엄마 속상하게 하지 말고.

엄마 나 안 아파…

안 아프면 네가 왜 그래. 멀쩡하게 잘 살다가.

그랬나. 멀쩡하게 잘 살았었나. 선은 이전의 삶이 잘 기억나지 않았다. 신애는 아무렇지 않게 선풍기 바람을 정면으로 계속해서 쐬고 있었고, 방 안에선 선풍기의 날개가 달달 달달 돌아가는 소리만 퍼졌다.

엄마 이제 일은 어떡해?

일? 구해봐야지.

아니, 그게 아니라…

청소라도 다녀야지.

신애는 무덤덤하게 말했는데 선풍기 앞이라 목소리가 덜덜거리며 진폭이 생겨 우스꽝스러움이 섞였다. 선이 한 말은 다른 일을 구하라는 게 아니었는데, 일을 하지 않고 살아본 적이 없는 신애는 그새 다른 곳에서 돈을 벌 생각을 하고 있었다. 신애의 핸드폰에서 쨍한 벨 소리가 울렸다. 경찰서에서 전화가 온 것인가 싶어 쳐다본 액정에는 '윤화'라는 이름이 쓰여 있었다.

어 어. 그래, 네가 잘 말해봐. 내가 그래도 평소에 일 못한 건 없잖아. 그치. 매니저가 너랑 나 좋아하잖아. 잘 얘기해 봐.

뭐? 파출? 거기 뭐? 아, 이번 명절?

　신애가 통화를 하다 가만히 있던 선을 바라보는 눈빛이 일순간 바뀌었다. 마치 뭔가 발견한 것처럼 초롱초롱한 눈빛으로.

　선이가 가도 괜찮을까? 내가 물어볼게.

　신애는 오른손으로 전화기의 입을 막고, 본인에게서 멀리 떨어뜨리고선 물었다.

　마트에서 엄마 하던 일 좀… 한 달만 할래, 선아?
　어? 내가 마트 일을 왜…
　좀 있으면 명절이잖아. 바쁠 거야. 사람들한테 미안하잖아. 그냥 엄마 딸이라고 하지 말고, 윤화 이모 아는 조카라고 해.

*

　윤화 이모를 따라 꾸벅 인사를 하고 마트 창고 뒤 작은 사무실 같은 곳에서 면접을 봤다. 말이 면접이지 사실상 집이 어디인지 물어보며 지각이나 무단결근을 하지 않을지를 판단하는 게 핵심이었고, 관상을 확인하는지 얼굴을 빤히 보며, '일은… 잘 할 것 같네'라고 말했다. 선은 그 말이 '시키는' 일은 잘 할 것 같다는 뜻이라고 느꼈다. 선은 바로 다음날부터 출근을 하게 됐다.

윤화 이모 옆에 끼어 계산대 앞에 섰다. 바구니에서 각종 음
식들이 배설물처럼 쏟아졌다. 윤화 이모는 손가락 끝에만 트
인 검은색 장갑을 척척 끼더니 물건을 앞뒤로 휙휙 뒤집어 구
석구석 숨어있는 바코드를 찾아냈다. 바코드가 찍힌 물건들은
왼쪽으로 이동시켰고, 2개 이상인 물건들은 재빠르게 모니터
를 눌러 수량을 변경시켰다. 그렇게 다섯 번 정도가 지나고 나
선 윤화 이모가 다급하면서도 다정한 목소리로 말했다.

할 수 있겠지?

휴게실에 굴러다니는 머리끈으로 머리를 묶고 계산대 앞에
섰다. 중년의 여자들이 한아름 가득 채운 바구니를 계속해서
올려놨고, 다들 오래돼 낡았으면서도 언젠간 아름다웠을 것만
같은 지갑 속에서 할인 쿠폰을 꺼냈다. 할인 가격은 다 합쳐서
1,000원에서 1,400원 정도를 웃돌았는데 그녀들은 지갑 속에
있는 쿠폰이 한 장이라도 더 있는지, 어디 흘리진 않았는지 눈
에 불을 켜고 찾았다. 그 모습을 보면 시간이 날 때마다 돋보
기안경을 쓰고 마트 전단을 종이 왼쪽 위 모서리부터 오른쪽
아래 모서리까지 꼼꼼히 보던 신애가 생각났다.

어때 할만해?

괜찮은 것 같다고 말하자 윤화 이모는 옅은 미소를 띠었다. 윤화 이모는 말을 묻고 들으면서도 손으로는 바구니를 정리했다. 선은 따라서 바구니를 옮겼다. 바구니들이 맞물려 나는 착착 소리가 어쩐지 경쾌했다.

오늘은 그래도 평일이라 괜찮은데… 금요일부터는 정말 바쁠 거야.

윤화 이모가 마감 시재를 도와주며 일렀다. 그 말도 지폐를 착착 세면서 말했다. 어느 정도 마무리가 될 때쯤, 윤화 이모는 선에게 먼저 창고에 가서 옷을 갈아입고 짐을 챙기라고 했다.

어색하게 창고 문을 열었다. 여기저기 흩어져 일하고 있던 직원들이 가운데 뭉쳐있었다. 문이 열리는 소리에 그녀들은 순간 동작을 일제히 멈췄다가, 선인 것을 확인하고는 안도했다. 그녀들은 검은색 비닐봉지 속에서 무언가를 꺼내기도 했고, 비닐봉지를 각자의 가방에 쑥 넣기도 했다.

어, 근데 이거 괜찮나?

한 쪽에서 망설임이 들렸다.

괜찮아. 내가 저번에 가져가서 먹어봤는데, 아무 일 없어.

다음 날 등산도 갔어. 괜찮아 괜찮아.

그 말에 곳곳에서 깔깔거리는 웃음소리가 났다. 마무리를 하고 온 윤화 이모가 들어오자 그녀들은 윤화 이모에게 일제히 고생했다는 말을 자연스러우면서도 기계적으로, 기계적이면서도 자연스럽게 전했다. 그리곤 한 분이 자연스레 미리 준비해놓은 검정 비닐봉지를 전달했다. 언니 거, 라는 말과 함께. 윤화 이모는 봉지를 열어보곤 미소를 지으며 고맙다고 말했다.

선이 이거 좋아하니? 가져갈래?

윤화 이모가 꺼낸 건 당일 판매분이었던 반찬과 유제품 몇 가지였다. 어묵볶음, 무말랭이, 밥그릇보다 조금 작은 요거트가 봉지 위쪽에 있었고, 아래쪽도 무엇이 더 있는 것 같았다. 선은 반사적으로 괜찮아요, 라고 말했다. 모두 어린애라서 아까운 줄 모른다고 생각하는 표정이었다. 다들 내가 누구 딸인지 모르실 테니 지을 수 있는 표정이지. 선이 사람들의 시선을 피하며 생각했다. 마트를 나오니 서늘한 밤공기가 가득했다.

*

윤화 이모의 말대로 금요일은 아침부터 모두 전투태세였다.

다 같이 진열대에 상품을 채우고 또 채웠다. 계란이랑 과일, 정육코너에는 평소보다 한두 명의 인원이 더 배치됐다. 덩달아 선도 마음이 오그라든 상태로 굿모닝 마트 조끼를 입고 작은 결의를 다졌다. 매장으로 나가려고 하는 순간, 문이 선을 향해 열렸다. 선과 비슷한 키를 가진 여자가 헐레벌떡 들어왔다. 마주친 눈에는 반짝이는 브라운 펄 섀도가 시선을 잡아끌었다. 이윽고 눈동자를 봤을 땐, 고등학교 시절이 떠오르는 새카만 서클렌즈가 끼워져있었다. 여자도 선을 빤히 보다 능숙하게 옷을 갈아입었다.

계산대에 위치했다. 윤화 이모가 계산을 하고, 선이 물건을 옆으로 옮겼다. 아까의 여자는 선의 맞은편에 혼자 있었다. 쨍한 레몬색 매니큐어를 칠한 긴 손톱으로 계산을 척척해냈다. 먼 거리에서 봐도 일을 잘하는 사람의 기운이 물씬 풍겼다. 미정을 계속 슬쩍 보는 선의 시선을 윤화 이모가 눈치챘다.

미정이? 너랑 아마 동갑일 걸.

스물일곱이었다. 그때 마침 바구니를 통째로 올려놓던 미정의 롤업 된 바지 밑단 사이로 보랏빛 꽃이 얼굴을 빼꼼 내밀고 사라졌다. 여기에서 선을 제외하고 유일한 어린 애라고 했다. 이모는 미정에 대해 어디 살고, 언제부터 일했는지 등 객관적으로 얘기하는 듯했지만 뭐랄까, 어떤 말들은 속으로 누르며 내뱉지 않는 것 같았다.

쉬는 시간이 되고 미정은 자연스럽게 창고 뒤쪽 문으로 나갔다. 나가는 미정의 뒷모습을 몇몇은 쳐다봤고, 몇몇은 신경도 쓰지 않았다. 얼마 안 돼 미정이 다시 돌아왔을 때, 미정의 근처에서 은은한 담배 냄새가 퍼졌다. 미정은 검지 크기의 스프레이를 입안에 칙칙 두 번 뿌렸고, 큰 스프레이를 온몸 전체에 샤워하듯 뿌렸다. 담배 냄새가 온데간데없이 사라졌다.

둘이 나이가 같을 텐데.

미정과 함께 나갔던 정육 코너 남자가 선과 미정을 손으로 왔다갔다 가리키며 말했다. 그제야 미정의 눈이 손톱달처럼 휘어졌다. 그러면서도 화장 때문에 눈꼬리는 위로 솟구쳐있었다.

스물일곱? 미정이 확인을 요했다. 어색하게 고개를 끄덕였다. 나는 금토일만 나와. 너는? 월요일 수요일에만 쉬어. 그럼 계속 보겠네. 미정은 말을 끝내자마자 입술에 틴트를 좌우로 문지르며 선을 향해 웃었다. 선은 미정의 웃음을 어색하게 따라 웃었다.

바쁘게 마감을 하고 다른 때보다는 익숙하게 퇴근 준비를 하러 들어간 창고에는 어제와 같이 검정 비닐봉지가 서로의 손에서 바쁘게 옮겨가고 있었다. 선은 그 광경이 눈에 보이지 않는 척하며 등을 돌려 옷을 갈아입었다. 바쁜 손놀림이 끝나갈 때쯤 미정이 들어왔다. 미정의 손에도 검정 비닐봉지가 들려있었다. 몇몇은 그런 미정을 빤히 쳐다봤다. 그들 대부분은 아까 미정이 쉬는 시간에 창고 뒤쪽으로 나가는 모습을 빤히 쳐다봤던 사람들이었다. 미정도 그녀들과 닮은 모습으로 가방 깊숙이 봉지를 욱여넣었다.

미적미적 아줌마들 뒤를 따라 나가는데, 어느새 선의 옆에 미정이 걷고 있었다. 미정은 레몬색 손톱으로 핸드폰을 탁탁 두드리다 오는 전화를 받았다. 나 지금 끝났어. 오늘 좀 무거워서 그러는데 나올 수 있어? 앞에서 기다릴게. 미정은 일상 같은 통화를 끝내고선 아줌마들에게 고개를 살짝 숙여 '들어가세요'라고 인사를 했다. 몇몇은 인사에 응했고, 몇몇은 인사를 무시했다. 미정은 마트 왼편에 있는 낮은 연석에 앉아 얇고 긴 담배를 꺼냈다. 그 광경을 가만히 보고 있던 선에게 미정은 손을 쫙 펴 좌우로 흔들었다. 선도 손끝을 살짝 굽힌 채 미정을 향해 흔들었다.

*

식탁에 볶음김치와 멸치볶음이 놓여있었다. 신애의 손엔 국그릇이 들려 있었고, 그 안엔 뜨끈한 누룽지가 담겨있었다. 신애는 밝은 눈빛과 미안한 눈빛이 반씩 섞인 얼굴로 선을 봤다. 별말 없이 의자를 끌어 앉아 숟가락을 들고 먹었다. 고된 노동을 한 후에 먹으니 맛이 배로 느껴졌다. 우적우적 먹는 선의 앞에 신애가 앉았다. 오늘 어땠어? 바빴지? 입안에 음식이 담겨 고개를 위아래로 끄덕이는 것으로 대답했다. 신애는 반찬을 선의 쪽으로 가깝게 밀었다.

오늘 내 또래인 애 봤어.
아… 걔? 걔 저기 궁전 빌라에 살아. 남자친구랑.

신애가 꺼림칙한 표정으로 말했다. 신애의 말은 뭐랄까. '걘 그런 애야'라는 뉘앙스였다. 신애는 언젠가 말하게 될 때를 대비한 것처럼 쏟아내듯 말하기 시작했다. 애가 싹싹하고 일을 잘하긴 하는데… 어떤 때 보면 너무 발랑 까졌어. 근처 짬뽕집에서 마주친 적이 있었는데, 팔뚝에 문신이 뒤덮여있더라. 남자친구도 봤는데 아주 살이 쪄선 일을 안 다니는 건지 뭔지 미정이 걔가 아주 억척스럽게 아줌마들처럼 남은 음식을 챙긴다. 부모님은 걔가 그러고 사는 걸 아는지 모르는지. 언뜻 듣기론 지방에서 올라왔다고 들었는데, 명절 때도 집에 내려간다 이런 소리를 들은 적이 없다. 같은 얘기들.

선은 짧은 시간에 미정에 대한 여러 가지 사실들을 알게 됐다. 약간의 흥미를 느끼긴 했지만, 그래도 되는 얘기인지는 잘 모르겠다고 생각했다.

　그런데, 이모들이 뭐 안 챙겨줘?

　검정 비닐봉지를 뜻했다. 선은 대답 않고 밥을 먹었다. 명절 근처라 뭐가 좀 있을 텐데? 신애는 의아한 듯 물었다. 계속해서 아무 대답을 하지 않자 신애는 그제야 이모들이 챙겨주더라도 받지 못하는 선의 모습을 떠올렸는지 차분한 목소리로 달래듯 말했다. 갖고 와도 돼. 그거 어차피 다 쓰레기로 버리는 거야. 버리면 뭐해. 아깝잖아. 괜찮아. 다들 갖고 와. 신애는 다정하면서도 간곡하게 말했다. 선은 조용히 일어나 의자를 넣었다. 잘 먹었습니다. 신애는 비워진 그릇을 보고 뿌듯한 미소를 지었다.

*

　일요일 저녁이었다. 바쁜 주말이 끝나가고 있었다. 모두들 기진맥진하지만 뿌듯한 표정이었다. 매장을 나오니 언제 나왔는지 담배를 이미 다 태운 미정이 자리에서 일어나 엉덩이를 툭툭 털었다. 그리곤 선의 곁으로 바짝 다가왔다.

　너 어디 살아?
　나, 저기 상록 아파트.

진짜? 거기 아파트 밑에 나 자주 가는 이자카야 있는데!

오며가며 보기만 했지 들어가 본 적 없는 곳이었다. 그 안에 미정이 있었다.

무감한 반응을 내비치자 가본 적이 없냐고 물었다. 그렇다고 하자 잠깐 놀랐다가, 머리를 굴리는 듯하더니 좋은 결론이 났는지 또렷한 눈빛이 됐다.

내일 월요일이니까 너도 쉬잖아! 가자, 어때?

멈춘 얼굴로 얼마간 있다 그러자고 했다. 함께하자는 제안은 너무 오랜만에 듣는 종류의 말이었다. 미정이 들뜬 얼굴로 선의 오른쪽 옆구리와 팔 사이의 공간에 왼쪽 팔을 쑥 넣었다. 익숙한 길을 걸어 낯선 곳 앞에 섰다. 미닫이문을 열고 들어가니 주황빛 조명이 공간을 메우고 있었다. 미정은 정말 자주 와봤는지 앞장서서 걸어가다 어느 지점에서 바닥을 가리키며 '여기 턱 조심'이라고 말했다. 덕분에 발을 들어 올려 가뿐히 턱을 넘어갔다. 미정은 선에게 못 먹는 것을 물었다. 갑각류 알레르기가 있다고 했고, 오이를 별로 좋아하지 않는다고 말했다. 미정이 선을 아이 보듯 봤다. 미정은 못 먹는 게 없다고 했다.

치킨 가라아게, 맥주 한 병, 소주 한 병을 시켰다. 얼마 전엔 노동의 고됨을 따뜻한 누룽지로 녹였다면, 오늘은 시원한 맥주로 씻어내는 느낌이었다. 미정은 소주와 맥주를 반반씩 섞고는 광고처럼 '캬-' 소리를 내며 잔을 내려놨다. 따뜻한 가라아게를 베어 물었다. 눅진한 기름과 바삭함이 어우러져 따뜻하고 고소했다.

너는 부모님이랑 같이 살아?
응.
그래서 안 가져가는구나?
아… 뭐 그렇지.
난 남자친구랑 같이 살거든. 남자친구가 진짜 많이 먹어. 그래서 처음에 진짜 식비가 장난이 아닌 거야. 그래서 돈 좀 많이 준다는 마트로 온 건데, 먹을 것도 가져갈 수 있고 대박인 거야. 여기 와서 생활비 엄청 세이브 했어.

잘 됐다는 텅 빈 축하의 말을 전했다. 미정은 선을 보고 싱긋 웃었다.

근데 아줌마들 존나 얄미워. 자기들만 좋은 거 많이 가져가서 나는 싸구려 같은 거 조금밖에 못 챙겨. 자기들은 식구 있다 이거지. 그래서 한 번은 억울해서 나도 식구 있다고, 남자친구랑 같이 산다고 했더니 그때부터 날 걸레 보듯 보는 거 있

지. 그때부턴 그냥 내가 알아서 챙겨. 존나 나빴어. 자기들이
랑 나랑 다르면 뭐가 얼마나 다르다고.

미정은 열이 받는지 남은 소맥을 한 입에 콱 털어 넣고 소주
를 한 병 더 시켰다. 푸근한 인상의 이모가 소주 한 병과 수박
을 썰어 접시에 내오셨다. 소리는 내지 않고 입모양으로 '서.
비. 스'라고 말하면서. 미정이 손키스를 보내는 시늉을 했다.

여기 자주 오는 이유. 이모가 존나 좋아.

기분이 금세 좋아진 미정은 얼큰히 취했고, 더 이상 마시면
좋지 않을 것 같아 이쯤 일어나자고 했다. 미정은 담배를 피우
면서 남자친구에게 전화를 걸었다. 옆에 쪼그려 앉아 미정의
남자친구가 올 때까지 같이 기다렸다.

너는 남자친구 있어?

억울하게도 순간 건우가 생각났지만 없어, 라고 무감하고
간결히 말했다.

없는 것도 좋지.

선은 순간 미정의 말에 감정이 집중됐다. 미정은 그런 사실

을 전혀 모르고, 혼잣말을 이어했다.

이뻐서 사귀어놓고 살찌면 싫어하고, 화장 지우면 싫어하고, 편하게 입으면 싫어하고. 그런 건 가짜야.

저 멀리 덩치 좋은 남자가 모자를 푹 눌러쓰고 선과 미정 쪽으로 걸어왔다. 어색하게 인사를 까딱하고 미정은 남자친구에게 찰싹 붙어섰다. 남자는 반바지를 입었는데 종아리에 잉어로 추정되는 문신이 있었고, 팔꿈치부터 손목까지도 빈 곳을 찾기가 어려울 정도로 문신이 있었다. 미정은 남자 옆에서 웃으며 손을 방방 흔들었다. 남자는 멋쩍어 하면서도 선에게 고개를 숙여 인사했다.

댁이 어디세요?
저는 이 아파트 살아요…

남자가 '아'라고 짧게 말한 뒤 한 번 더 고개를 숙였다. 남자는 미정과 뒤돌아 걸어갔다. 그들의 모습이 점점 작아졌다. 집에 도착한 선은 대충 씻고 침대에 누웠다. 피로가 쌓였는지 침대 속으로 빨려 들어가듯 잠에 들었다.

*

　알람을 맞추는 것도 깜빡하고, 아무 소리도 나지 않았는데 눈이 번쩍 뜨였다. 말 그대로 번쩍 뜨였다. 선의 몸에서 식은 땀이 나고 있었다.

　꿈속에서 선은 일을 하고 있었다. 손님이 골라온 게 하도 많아서 열심히 결제를 하다 고개를 들었는데, 그 손님이 건우였다. 당황해 어버버하고 있는데 뒤에 있는 손님이 빨리 좀 하라고 까탈을 부렸다. 건우는 그런 선을 도와줬다. 선은 표정을 숨기려 절대 건우를 보지 않고 봉투에 물건을 넣었다. 그런데도 건우의 표정이 보였다. 건우는 선을 안쓰러워하고 있었다. 그러다 깼다. 건우의 눈빛이 너무 생생했다.

　여긴 건우의 동네도 아니고, 건우가 정말로 올 일은 없다고 확신할 수 있었지만 그 꿈을 꾸고 나니 정말로 건우가 올 것만 같았다.

　그러면 어떡하지. 건우가 정말로 온다면, 정말로 온다면… 선은 거울 속 자신을 객관적으로 다시 봤다. 정말이지 별로였다. 잘 먹어 살이 오른 얼굴. 푸석푸석한 피부. 눈빛도 탁한 느낌이 들었다. 무엇보다 치렁치렁 방치한 머리카락이 너무 잘 보였다. 선은 머리카락을 잡아당기다 어깨 뒤로 넘기다를 반복하며 머리를 잘라야 되겠다고 생각했다. 어디 미용실을 가면 좋을까 고민하다 지금 이 상태로 모르는 미용실에 갔다간 호구 취급을 당할 것 같았다. 선은 신애가 다니는 미용실로 향했다.

미용실 문을 여니 어렸을 때 자주 봤던 사장님이 보였다. 조금 늙은 느낌이었지만 여느 때와 같이 밝은 머리색과 하이톤의 목소리로 손님을 응대하고 있었다. 잠깐 앉아 계세요, 라는 말을 듣고 오래된 소파에 앉았다. 어떻게 잘라 달라고 하지, 어떻게 말해야 할지 고민하다 보니 금세 선의 차례가 됐다. 머리 어떻게 해줄까요, 라는 말을 듣고 '그냥 정리…'라고 이야기하려는 찰나, 사장님이 선을 보고 고개를 갸우뚱했다.

선이? 맞나? 신애 언니 딸?
네, 맞아요.

사장님은 머리를 자르면서도 계속해서 이런저런 얘기를 꺼냈다. 신애 언니는 잘 지내냐, 너 중학교 때까지 여기 와서 자르지 않았냐. 이제 대학생이냐. 학교는 어디냐 등등. 선은 어설프게 토막 난 문장으로 대답했고, 그게 어설프다는 걸 느끼고 있었는데, 사장님은 선의 말을 차분히 들어줬다.

엄마는 마트 지금도 다니셔?

아니요. 지금 쉬고 계세요.

아, 진짜? 어쩌다? 엄마 마트 일 엄청 좋아하시던데. 뭐 먹을 거 많이 챙길 수 있다고.

어떤 말을 해야 할지 몰라 아무 말도 안 하니 갑자기 공백이 생겼다. 수많은 대화를 했을 사장님이 금세 선의 분위기를 눈치채고 사근사근한 말투로 말했다.

그런 거 싫구나? 엄마가 먹을 거 갖고 오는 거.

갖고 오면… 잘못하면… 잘못될까 봐요…

그러니까, 그런데도 엄마가 가지고 오는 거잖아. 선이 너를 사랑하니까 그런 거야.

선은 숨이 턱 끝까지 차는 느낌이 들었다. 엄마가 사랑해서 그런 거라고. 그 말은 선의 마음속에 얹혔다. 그런 엄청난 말을 해놓고도 사장님은 아무렇지도 않게 사각사각 가위질을 했다. 선은 거울로 눈물이 차올랐다 다시 들어가는 본인의 눈동자를 마주했다. 어느덧 머리가 깔끔하게 정리되었다.

신애 언니한테 안부 전해줘.

네.

이쁘다, 선이.

…감사합니다.

자연스럽게 생긴 층과 정리된 숱 덕분에 가벼워진 머리카락을 가만히 보니 돌덩이같이 딱딱했던 마음이 말랑말랑한 지점토쯤으로 변한 것 같았다. 선은 거울을 보며 요리조리 고개도 돌려보고, 눈을 크게 떠보기도 하고, 전면 카메라를 켜 자연스러운 표정을 지어 보며 사진을 찍기도 했다. 어색하긴 했지만, 따지자면 좋은 기분에 가까웠다.

어, 머리 잘랐네!

들어가자마자 처음 마주친 직원분이 바로 알아보고 그런 말을 했다. 이후로도 창고로 가는 짧은 시간 동안 마주치는 사람들이 저마다의 칭찬과 알아차림을 전했다. 선은 쑥스러우면서도 내심 산뜻한 기분에 날개라도 솟은 듯하였다.

매장에 나가 평소보다 자주 웃으며 일을 했다. 이젠 일이 눈에 보였다. 이쯤 되면 바구니를 한 번 정리해야 하며, 종량제 봉투 안에 가로로 넣어야 하는 물건과 세로로 넣어야 하는 물건이, 먼저 넣어야 좋을 물건과 나중에 넣으면 좋을 물건이 눈에 그려졌다. 포인트 적립과 배달 여부를 묻는 것도 까먹지 않았다. 윤화 이모가 선을 보며 엄지를 치켜세웠다. 선의 얼굴에 생기가 붙었다.

휴식 시간을 챙기는 것도 자연스러워졌다. 화장실에 가고 싶지도 않은데 일부러 화장실에 가는 것도 이젠 하지 않았다. 그냥 앉아서 신애의 동료인 그들의 대화를 들으며 신애가 있었다면 어떤 장면이었을지를 상상했다. 신애는 무슨 말을 하고, 어떤 표정을 지었을까.

그런 상념에 빠져있을 때, 매니저가 선을 불렀다. 잠깐 얘기를 좀 하자고 했다. 선은 면접을 봤을 때의 작은 사무실로 들어갔다. 무슨 말이 들려올지 살짝 긴장을 하던 차, 매니저가 긴장을 풀라며 넉살 좋게 말했다.

선이, 학교 다녀?
아니요.
그래? 그럼 지금 학원 같은 거 다니거나, 하는 거 있어?
아니요…

선은 연이어 부정의 대답을 하며 왠지 고개가 점점 숙여지고, 어깨가 말려들어갔다. 반대로 매니저는 선의 대답마다 미소의 단계가 커졌다.

좋다. 선이 원래 한 달만 하기로 했잖아. 혹시 더 하는 건 어떻니?

선이 고개를 반짝 들었다. 매니저가 선을 부드럽게 쳐다보고 있었다.

좋아요. 선이 대답했다. 아니, 이미 대답을 한 후였다. 새 계약서를 작성한 후, 선이 사무실에서 나왔다. 들어갈 때와는 정반대로 어깨가 가벼웠다. 손으로 춤을 추듯 결제를 하며, 웃음이 자주 지어졌다. 선은 느낄 수 있었다. 무언가 점점 반듯하게 정리되어가는 느낌을.

마감 후엔 바스락거리는 검정 봉지가 여러 손 사이로 빠르게 오고 갔다. 그 광경은 점점 익숙해졌지만, 여전히 볼 때마다 메스꺼운 느낌이 들었다. 아줌마들은 늘 선에게 검정 봉지를 가져가라고 넌지시 건넸는데, 선을 생각하는 마음에서 그랬다기보다는 자신들의 행동이 멋쩍어 예의상 건네는 말 같았다. 친구에게 간식을 주는 모습을 들킨 친구가 결국 친하지도 않은 옆자리, 옆옆자리 친구에게까지 간식을 건네는 것처럼.

가져가면 엄마가 좋아할 텐데.
괜찮아요.

선이 굳은 얼굴로 대답했다.

신애는 일자리를 구하려고 했지만, 정말 구하지는 않았다. 처음에는 청소라도 다녀야 한다고 생각했지만 음식을 챙길 수 있는 직장이 아니라면 선뜻 마음이 가지 않았다. 게다가 집에는 아직 먹을 수 있는 게 많이 있으니, 당장은 괜찮을 거라고 생각했다. 뭐가 들었는지도 알 수 없이 얼어버린 비닐봉지를 더듬어가며 신애는 안도했다. 그중 불투명한 노란 빛깔의 봉투를 꺼냈다. 계란말이였다. 꺼내 데우니 촉촉해졌다. 계란말이 속은 당근과 파가 모래알만한 크기로 박혀있었다. 신애는 계란말이에 아무것도 넣지 않고 오로지 뽀얀 노란색만 가득 찬 계란말이를 좋아하지만, 아무렴 상관없었다. 선이 참은 숨을 내쉬고 '어디 계란말이야?'라고 묻기 전까지는.

왜 그래?
맨날 남은 음식이야.
뭐라고?

선은 자신도 모르게 볼멘소리를 냈다. 이따금 마음속으로만 했던 말이었다. 그런데 어떤 결심도 하지 않은 오늘, 그 말은 아무렇지도 않게 바깥으로 나왔다. 왜 지금, 왜 오늘 나왔을까. 그건 드디어 본인이 그럴 자격이 있는 사람처럼 느껴졌기 때문이다. 선은 오늘 계약을 연장했다. 그건 본인이 쓸만한 사람으로, 그럴만한 사람으로 인정받는 작은 과정이었다.

　이런 거 유통기한은 괜찮은 거야?
　…냉장고에 있어서 괜찮아.
　아닐 수도 있잖아.
　왜 그래, 너?

　신애와 선 사이에 긴장감이 팽팽해졌다. 신애는 갑자기 날을
세우는 선에게 지지 않고 말했다. 그건 신애가 정말 선이 생각
나서, 선에게 주고 싶어서 가지고 온 것이었다. 선은 그걸 모르
는 걸까. 신애는 몰라주는 선이 야속했다. 그러면서도 선이 유
통기한을 걸고넘어졌을 때, 자신있게 말하지 못했다.

　유통기한. 냉장고에 넣으면 다 괜찮은 거 아닌가. 선이 계란
말이를 입에 넣었다. 신애가 아찔한 침을 삼켰다. 선의 목울대
가 위아래로 움직이고, 비로소 비어진 입안을 곁눈질로 확인
하고 나서야 마음이 진정됐다. 잘 먹어주는 선의 모습이 더할
나위 없이 예뻤다.

　머리 잘랐네?
　응. 근데… 일… 더 하기로 했어.

　뜻밖에 얘기에 신애의 얼굴에 화색이 돌았다. 일이 할만하

냐며 흥미진진한 말투로 말했다.

　괜찮은 것 같아. 시간도 빨리 가고.

　신애는 웃으며 직원들을 조목조목 걔는 어떻고, 얘는 어떻고, 그쪽 코너는 어떤 분위기며, 자신이 일할 때 있었던 가볍고 이따금 아찔했던 날들을 옛날 얘기해주듯 이야기했다. 선은 그동안 짐작만 했던 얼굴들을 분명하게 떠올리며 얘기를 들었다. 이야기에 생동감이 전해졌다. 더 이상 부가 설명을 하지 않아도 이해하는 선을 보며 신애는 신이 나 이야기에 이야기를 붙여 더 많은 이야기들을 했다. 선은 계속 들었고, 어떨 땐 자연스레 추임새를 넣기도 했다. 오랜만에, 묵묵히 음식만 사라지는 저녁이 아니라 끊임없이 무언가 덧붙여지는 저녁이었다. 신애의 눈이 촉촉해졌다. 신애가 떨리는 목소리로 말했다.

　우리 선이 많이 나아졌네.

*

　뉴스에서 처음으로 '겨울'이라는 단어를 알렸다. 토요일에서 일요일로 넘어가는 저녁, 완연한 겨울의 온도가 될 거라고 했다. 선은 따뜻한 옷을 입어야 된다고 생각했고, 밀키트 제품이 잘나가겠다고 생각했다. 그런 시시콜콜한 생각을 하며 유니폼으로 갈아입었을 때, 미정이 도착했다. 미정은 선을 보고 환하게 웃었다. 그리고 고개를 돌리자마자 표정이 굳었다. 한 번도 보지 못한 얼굴이었다.

괜찮아?
뭐가? 아무 일 없어.

미정은 환하게 웃으며 그렇게 말했지만, 다시 고개를 돌리면 표정이 아까처럼 변했다. 미정은 선 쪽으로 고개를 돌리지 않고 근무까지 몇 분이 남았는데도 이르게 매장으로 나갔다. 선은 건너편 계산대의 미정을 봤다. 미정은 자꾸 아래를 보고, 하늘을 보기를 반복했다. 쉬는 시간이 되자마자 미정은 빠르게 밖으로 나갔다. 뒷모습마저도 복잡해 보였다.

걱정되냐?

시선을 눈치챈 미정이 마감을 하고 나오며 선에게 대뜸 그렇게 물었다.

진짜 무슨 일 없어?
둔한 줄 알았더니 눈치는 빨라가지고. 이자카야 갈래?

미정과 선은 오랜만에 이자카야를 갔다. 저번과 같은 자리

에 앉고 이번엔 가라아게가 아닌 어묵탕을 시켰다. 말간 어묵
탕은 보기와는 다르게 칼칼한 맛이 났다. 미정은 오늘은 소주
만 마시고 싶다며 선에게 맥주를 넘겼다. 미정은 어묵을 한 입
베어 물고, 국물을 맛보고는 소주를 입에 털어 넣었다. 선은
아무 말도 하지 않고 기다렸다.

아빠한테 연락이 와가지고.

아…

부모님 이혼하셨는데, 엄마는 재혼했고 아빠는 혼자 살거
든. 근데 난 알아. 둘이 왜 이혼했는지. 아니, 아빠가 왜 버려
졌는지 알아.

어머님이 말씀해 주셨어?

그걸 엄마가 말해주겠냐. 그냥 보면 아는 거지. 우리 아빠라
는 사람은, 자기밖에 몰라. 자기만 중요하고, 자기 인생만 중
요해. 그래서 우리한테 뭘 맞추질 않아. 존나 지만 잘났지. 엄
마는 존나 불쌍하게 아빠가 저녁 늦게 와도 안 자고 기다리고
밥 차려주고. 자기는 매운 거 못 먹으면서도 아빠가 매운 거
좋아해서 음식 매콤하게 하고, 정작 만든 엄마는 먹지도 못해.
그러면서 아빠는 엄마 오지도 않았는데, 자기 자야 되면 밝다
고 불 다 꺼버리고, 차려준 음식에도 불평하고 그래. 존나 그
러니까 버림받지. 그러니까 재혼도 못하지. 그 고집 누가 받아
주냐.

…

아빠 마지막 날, 내가 자는 척하고 있었거든? 마지막으로 하는 말 진짜 존나 웃겼다. 자기는 더 할 수 있는 게 없대. 자기는 노력할만큼 했대.

선은 몸이 바싹 오그라드는 걸 느꼈다. 맥주잔을 잡고 있던 손가락 끝까지 힘이 들어갔다. 노랫소리가 들리지 않고, 머릿속이 어수선해졌다. 3년 전에 들었던 말이었다. 바로, 건우에게서. 미정의 얘기가 적당한 남의 일일 거라고 생각하며 어묵도 먹고, 국물도 떠먹으면서 듣던 선은 갑자기 모든 걸 내려놓고 미정의 이야기를 들었다.

그래놓고 이제 엄마가 그리운가 봐. 엄마만큼 자기 사랑해 줄 사람 없다는 거 이제 안 거지. 자꾸 나보고 한 번 만나자고, 엄마는 어떻게 지내냐고 묻더라고. 그래서 내가 말했거든. 아빠한테 희생할 여자 찾지 말고, 아빠가 희생할 생각하면 아빠도 재혼할 수 있다고. 그랬더니 나보고 나쁜 년이래. 새벽에 문자 보냈더라. 오늘 아침에 봤어. 그래서 오늘 하루 종일 기분이 더러웠어. 이제 내 쌍판 설명이 좀 돼? 오케이?

미정이 잔을 부딪히자는 모션을 취했다. 어수선한 선이 두리번거리며 자신의 잔을 겨우 찾아 미정의 잔에 부딪혔다. 잔이 부딪히며 거품이 출렁거렸다. 천천히, 조금씩 목으로 넘기며 선은 자신이 무슨 생각을 하고 있는지 생각했다. 비어있는 투명한 잔을 엄지와 검지로 잡고 왼쪽으로 오른쪽으로 돌려가면서.

　나도 그 말… 들은 적 있어.
　너네 부모님도 이혼하셨어?
　응. 근데 아빠한테 들은 건 아니고 전 남자친구한테.

　선의 눈에서 눈물이 쏟아졌다. 처음이었다. 건우를 전 남자친구라고 소리 내서 발음한 건. 그 단어를 생각만 해왔고, 인정한 적은 없었다. 건우를 못 본 지 2년이 다 되도록, 건우는 여전히 선의 마음속 어딘가에서 계속 살아있었다. 그러나 그 단어를 발음하자마자 건우가 마음속에서 사라진 것 같았다. 미정이 따라 글썽이며 휴지를 뽑아줬다.

　나쁜 새끼들. 꼭 그렇게 말하더라. 사실은 귀찮은 거면서.

　미정의 정확한 말에 선은 울다가 웃음이 새어 나왔다. 울다 웃으면 어떻게 되는 줄 모르냐는 통상적인 농담을 던지며 그들의 무거운 분위기가 풀렸다. 선과 미정은 어묵탕을 열심히 목구멍으로 넘겼다. 기분이 오른 그들은 꼬치 몇 개와 술을 더 시켰다. 시간은 자정이 넘었고, 선과 미정의 숨에서는 술 냄새가 섞여 나왔다. 술집 사장님이 슬쩍 그들의 곁에 왔다.

배불러? 밥 좀 먹을 수 있어?

미정과 선이 발그레한 얼굴을 하고 사장님을 올려다봤다.

우리 남은 밥이 있어서 좀 줄게. 남은 음식 다 섞어서 볶아
봤어.
좋아요!

미정과 선이 동시에 말했다. 짠 듯이 동시에 말해 세 사람
모두 웃음이 터졌다. 이전에 과일이 담겼던 접시에 고슬고슬
한 볶음밥이 담겼다. 숟가락에 윤기나는 빨간 밥알을 동산처
럼 쌓아 입으로 가져갔다. 콩나물과 돼지고기가 씹혔다. 미정
과 선은 빠르게 접시를 비웠다. 사장님은 잘 먹어 이쁜 거냐
능청스레 물었고, 미정은 그런 것 같다고 사뿐히 맞받아쳤다.

거의 두 시가 다 될 즘, 신애가 선을 재촉하는 연락을 했고
둘은 이제 슬슬 나가자고 했다. 선은 미정의 남자친구가 오는
것까지만 기다려주고 올라가기로 했다. 술에 취해 제대로 서
있기가 어려웠다. 쪼그려 앉은 미정의 발목에 보랏빛 꽃이 빼
꼼 고개를 내밀었다. 선이 본능적으로 꽃을 가리켰다.

뭐야? 꽃?
응. 구기자 꽃.

탄생화야?

아니. 그냥 꽃말이 좋아서. 어, 왔다.

꽃말이 뭔데?

  남자친구를 향해 뛰어가려는 미정이 선의 질문에 발목이 붙잡혀 뒤를 돌아봤다. 앞으로 가야 하는지, 자리로 다시 돌아와야 하는지 잠깐 허둥대던 미정은 우스꽝스러운 모습이었다. 뭐가 먼저인지 모르겠다는 표정으로 앞으로 뒤로 고개를 돌려대다가 남자친구에게 손바닥을 펴 '잠깐만'이라는 뜻을 전했다. 미정이 고개를 획 뒤로 젖혀 빠르고 명확하게 말했다.

  희생. 나 간다! 내일 봐!

                                 *

  다음 날, 선과 미정은 서로에게 눈빛으로 인사를 보냈다. 어떤 벽이 허물어지고 한 단계 가까워진 사람들이 나누는 인사법이었다. 미정이 핸드크림을 놓고 왔다는 혼잣말에 선이 본인의 핸드크림을 내어줬다. 둘은 함께 매장에 나가며 주먹을 꼭 쥐고 서로를 향해 말했다. 파이팅.

  선은 머리를 고쳐 묶었다. 처음엔 반 바구니만 돼도 두려웠던 마음이 이젠 두 바구니어도, 바퀴 달린 카트를 끌고 와도 거뜬했다. 시곗바늘이 제일 바쁠 1시에 가까워졌다. 선의 몸속에 짜릿한 긴장감이 퍼졌다. 긴 시계가 1을 넘어가자 중년 여성들이 바퀴 달린 장바구니, 곱게 접어 격자무늬로 그늘이 진 휴대용 장바구니를 한쪽 손에 들고 마트를 돌아다녔다.

그들은 메마른 얼굴과 표정을 하고서 비엔나소시지, 바나나 우유, 과자 같은 그들의 음식이 아닐 것들을 가득 가지고 왔다. 그럴 때면 그들은 뭘 먹으면서 살고 있는 건지, 집에 그들이 먹을 게 따로 있는 건지 싶은 생각이 들었다. 두 손은 쉬지 않고 움직이면서 선은 그런 잡념을 했다.

어? 선이?

중년 여성의 목소리가 들렸다. 선이 고개를 돌려 목소리의 얼굴을 확인했다. 미용실 사장님이었다. 선은 모든 게 정지됐는데, 손만은 자꾸 일을 좇았다. 손이 말을 듣질 않았다. 사장님을 애처롭게 바라봤다. 그게 어떤 마음인지 몰랐는데, 무언가 잘못을 들킨 기분이었다. 그리고 그게 무슨 잘못이었을까, 생각의 형태를 더듬는데 사장님이 선수쳐 잘못을 밝혔다.

엄마는 어디 가고? 엄마 대신 네가 일하는 거야?

사장님의 목소리는 너무 순수했다. 마치 TV에서 몰래카메라를 당한 연예인들이 결국엔 사실을 알게 됐을 때, 무슨 상황인지 도저히 파악이 되지 않는, 그러니까 순수를 넘어선 무지의 상태였다. 사장님에 비해 선의 눈빛은 누가 봐도 잘못한 사람이었다. 사장님보다 선을 쳐다보는 사람이 많았다. 무언진 몰라도 그쪽에서 나오는 대답이 관건일 것이라는 걸 모두가 육감적으로 느끼고 있었다. 선은 계속 얼어붙어 있었다. 원망스러웠다. 왜 하필 이렇게 바쁜 시간대에. 왜 하필 계산대에 두 명씩 자리하고 있을 때. 왜 하필 지금 옆에 있는 게 윤화 이모가 아닌지. 어쩌지도 못하고 그냥 고개를 아래로 숙인 채 결제를 계속했다. 사장님이 '아는 사람이랑 닮았네'라는 말을 들리게 뱉었다. 고마움과 좌절이 뒤엉켰다. 쉬는 시간이 되고, 선은 찬바람을 맞기 위해 밖으로 나갔다. 담배를 피우러 나온 미정이 선의 어깨를 툭 쳤다.

아까 누군데 그래?
아, 그게… 엄마 아는 분 같은데 난 잘 몰라서…

세상엔 그런 관계가 존재했고, 덕분에 딱히 더 심도 있는 질문이 오진 않았다. 미정에게는 진실되게 말해볼까, 싶다가도 자꾸만 목 끝에서 말이 멈췄다. 미정의 담배가 손가락 마디만큼 짧아졌다. 쉬는 시간이 끝났다는 의미였다. 끝나고 들어가니 아까 옆에서 결제를 했던 아줌마가 무언가 골똘히 생각하는 듯한 표정을 짓고 있었다. 선은 애써 태연한 척했다. 그러나 머릿속에선 자꾸 한 생각이 메아리로 울려 퍼졌다. 바로, 엄마였다.

　그날 선은 곧장 집으로 들어가지 못했다. 어쩐지 연신 눈물이 났고, 그 원인은 나의 엄마이며, 그 사실은 선이 아무리 노력한다 해도, 아무리 밝게 웃어본다 해도 바꿀 수 없다는 사실이었다. 따라서 선의 눈물이 답답함과 분노로 판단될 수 있겠지만, 사실 그건 두려움에 가까웠다. 이제야 막 갖게 된, 아니 되찾게 된 기본적인 생활이 없던 일이 될까 봐 두려웠다.

　[선아 일 끝났어?]

　신애의 연락에 선은 눈물이 터졌는데, 입에서 '씨발'이라는 단어도 같이 나왔다. 선의 얼굴엔 열이 피어났고, 발을 땅에 팍팍 내디디며 집으로 들어갔다. 문을 열자마자 밥 냄새가 났고, 누워 TV를 보고 있는 신애가 있었다. 선은 신애에게 직진했다. 신애는 반갑게 웃으려다 화가 잔뜩 나있는 선을 보고 몸을 본능적으로 뒤로 젖혔다.

　엄마는 왜 그래? 왜 그렇게 살아?

　선이 울부짖었다. 신애는 선의 말이 무슨 얘기를 하는 건지 싶었지만 건드리면 터질 것 같이 감정이 부풀어있는 선의 다음 말이 나올 때까지 기다렸다. 선은 계속해서 눈물을 흘리고 있었다. 닦는 것도 소용없다고 생각한 건지 눈물에 손도 대지 않았다. 선은 식탁을 노려봤다.

거지같이 남은 음식이나 가지고 오고. 왜 그렇게 사는데. 아 줌마들은 다 왜 그래?

드디어 이야기가 파악된 신애가 가까스로 숨을 내쉬었다. 신애의 눈에도 눈물이 고였다. 선은 신애가 어서 사과하기를 바랐다. 미안하다고. 다 내 잘못이라고. 그런 말을 하기를 바랐다. 그러나 신애는 아무 말도 하지 않고 울기만 했다.

맨날 남은 음식. 남은 음식!!! 지겨워 진짜.
선아… 선아… 그러지 마…
엄마나 먹어 이런 거. 난 안 먹어.

선은 방으로 들어갔다. 벽에 기대어 앉아 깜빡깜빡 천장만 바라봤다. 밖에선 신애가 결국 식탁을 정리하는 듯했다. 고요 속에서 딸깍, 딸깍. 반찬통이 닫히고 있었다.

*

다음 날 근무를 나가니 모두가 선을 흘깃 쳐다봤다. 선은 느낄 수 있었다. 오늘은 평소와 다른 날이라는 걸. 선은 행동이 느려졌다. 인사도 느리게, 걸음도 느리게, 마트 조끼를 입는 것도 느리게 했다. 마트 조끼 지퍼를 겨우 올렸을 때, 매니저가 종이 한 장을 들고 두리번거리다 선에게 왔다. 잠깐 얘기를 하자고 했다. 선은 마음을 다잡고 매니저의 뒤를 따랐다. 사무실에서 매니저가 의자에 털썩 앉았다.

혹시 선이 등본에서 강신애가 엄마야?
네, 맞아요.
어머니 혹시 여기 일하셨었니?
네…
어머니한테 있었던 일 알고 있니?
네…

선은 지난번과 다르게 모든 질문에 긍정의 대답을 했다. 결론적인 상황은 정반대였지만. 매니저는 머리가 복잡한지 눈을 길게 감았다 떴다.

직원분들이 다 알게 됐어. 선이가 신애 이모 딸인 걸. 그래서 일은 어제까지 하는 걸로 해야 될 것 같아.

매니저가 말꼬리를 흐렸다. 되려 미안해하고 있었다.

여기 와서 왠지 많이 밝아진 것 같고 그래서 내 마음이 다
좋았는데 미안하네. 근데 다른 직원들 눈이 많아서, 계속 근무
를 할 수는 없을 것 같아.

선은 매니저의 말이 이해됐고, 어떤 말도 목울대에 걸려 나
오진 않았지만 눈으로 고갯짓으로 끄덕이며 매니저에게 충분
히 이해했다는 뜻을 전했다.

어머니도 일을 참 잘해주셨어. 그래도 엄마 너무 미워하지
마. 지금은 이해가 안 돼도 그러려니 해. 어머니가… 사랑해서
그런 거야.

두 번째 듣는 말이었다. 사랑해서 그런 거라는 말. 선은 머
리가 지끈지끈 아파왔는데, 왠지 마음속 일부분에선 포기하는
마음이 생기기 시작했다. 선은 소리 없이 울었다. 매니저가 부
드러운 휴지를 줬다. 그리고 바닥으로 몸을 숙여 본인의 몸만
한 상자를 올렸다. 컵라면이었다.

좋은 거 못 줘서 미안하네. 줄 게 이거밖에 없어. 그리고 들
었는지 모르겠지만, 어머니 일은 잘 끝났어.
…네.

우리랑은 어제 합의 봤어. 많이 생각했는데 그냥 그렇게 하기로 했어.

선이 신애에게 열을 올리고 화를 냈던 어제. 신애는 합의를 봤다.

선은 컵라면 12개가 들어가 있는 상자를 들고, 조끼를 벗으러 갔다. 미정이 있었다. 미정이 왜 벗냐며, 출근 아니냐고 물었다. 나 어제까지만 일하기로 했어. 미정의 눈이 동그래졌다. 그러나 미정의 뒤로 대다수의 사람들은 놀란 기색이 없었다. 이유를 알고 있는 사람들이었다.

대낮에 집으로 돌아갔다. 문이 열리자마자 신애가 한달음에 신발장까지 왔다. 신애가 주저앉아 미안하다고 했다. 신애의 머리가 틈 없이 꼬불꼬불하게 말려있었다.

얘기 들었어 선아. 미안해… 엄마가 이런 사람이라 미안해…

컵라면을 내려놓고 아무 말도 하지 않고 방으로 들어갔다. 문 너머로 신애가 우는 소리가 들렸다. 정확하게는 울음을 참는 소리가 들렸다. 선은 울지 않았다.

저녁이 될 때까지 화장실을 몇 번 들락날락한 거 말고는 방 밖으로 나가지 않았다. 신애는 거실에서 TV를 멍한 눈으로 바라보고 있었다.

선의 고요를 깬 건, 미정이었다. 이자카야로 갈 테니 나오라고 했다. 눈에 보이는 옷을 몇 겹 껴입고 내려갔다. 여느 때와 같은 자리에 미정이 앉아있었다.

소주? 맥주?
그냥 너 먹는 거.
소고기 타다끼 시켰어. 여기서 제일 좋은 음식이야. 남자친구 생일 때 빼고 처음 시켜보는 거니까 많이 먹어.

제일 좋은 음식. 선은 양손으로 얼굴을 가리고 울기 시작했다. 손가락 사이로도 눈물이 젖었다. 소리도 참지 못했다. 엉엉 소리 냈고, 주변 테이블에서 힐끗 쳐다봤지만 선은 멈출 수가 없었다. 아이처럼 아랑곳하지 않고 울었다. 그렇게 울다 보니, 소고기 타다끼가 나왔다. 가운데 싱그러운 야채를 윤기나는 붉은 고기가 에워싸고 있었다. 고기 위로는 참깨가 솔솔 뿌려져 있었다. 과연 제일 좋은 음식다웠다. 미정이 그만 울고 먹으라며 소고기 한 점을 선의 앞접시로 옮겼다.

있잖아, 난 신애 이모 딸이 누굴까 했어. 너무 부러웠거든. 맨날 악착같이 가져가시는 거야. 양보도 절대 안 해. 그러다 언제는 신애 이모가 먹지도 않을 것 같은 음식을 막 가져가서 내가 물어봤거든. 이거 좋아하냐고. 그랬더니 딸이 좋아한 대. 딸 먹여야 된대.

　…

그래서 이모 이미지가 안 좋았던 건 사실이지. 근데, 난 이모 진짜 응원했어. 진짜 사랑 같았거든.

선은 눈물을 참으려 소고기 타다끼를 욱여넣었다. 미정이 소주를 따르고, 잔을 부딪혀 각각의 입으로 소주가 사라졌다. 미정이 계속 말했다.

그리고 내가 저번에 말했잖아. 우리 아빠는 자기밖에 모른 다고. 희생할 줄 모른다고. 그래서 웃기지만 아빠가 신애 이모 같았으면 좋겠다고 생각한 적도 있었어. 하여튼…

선은 음식을 꼭꼭 씹었다. 잘게 씹어 목으로 넘겼다. 소주를 입에 털어 넣었다. 선은 별말 없이 계속 먹었다. 음식과 술을 또 시키고 시켰다. 계속해서 먹고, 또 먹었다. 품이 넉넉한 후 드티 바깥으로도 배가 동그란 곡선을 만들었을 때, 선은 화장 실로 달려갔다. 선의 입에서 여태 먹었던 음식이 곤죽이 되어 쏟아져 나왔다. 변기 레버를 내렸다. 찬물로 입을 헹궜다. 아무 일도 없었다는 듯 말간 상태인 변기를 빤히 봤다. 방금 네가 없앤 건 제일 좋은 음식인데 알고 있니. 선은 마음속으로 그런 혼잣말을 했다. 다시 돌아가니 비닐봉지가 테이블에 올려져 있었다. 남은 걸 포장했나 싶어 테이블을 보니 사라진 음식은 없었다. 미정이 머리를 긁적이며 말했다.

　신애 이모 갖다 줘. 내가 줬다고 해야 되는지, 네가 샀다고 해야 되는지는 모르겠네. 너 알아서 해.
　미정아…
　소고기 타다끼야. 빨리 먹어야 돼. 너 집 빨리 가야 돼.

　서둘러 가게를 나왔고, 미정이 쪼그려 앉아 담배를 피웠다.

　예전에 사귄 새끼들도 나 좋은 데 많이 데려가줬거든? 근데 그런 데를 나 몰래 다른 년이랑도 가서 헤어졌어. 근데 지금 남자친구는 나 좋은 데는 못 데려가줘. 근데 어딜 가도 맛있는 거 있으면, 남은 거 있으면 싸온다. 그때 느꼈지. 얘구나. 그러니까… 너 엄마 너무 미워하지 마…

　선은 그래보겠다고 말했다. 저 멀리 미정의 남자친구가 왔다. 미정이 뛰어가 안겼다.

　대부분이 저들의 사랑을 싸구려처럼 보겠지만, 그렇지 않다

는 것. 선은 작아지는 그들의 뒷모습에서 값을 매길 수 없는
사랑을 느꼈다.

집에는 적막이 흘렀다. 신애가 소파에서 잠깐 잠이 들었는
지 헝클어진 옷과 베개 자국이 남은 얼굴로 왔냐고 물었다. 선
은 식탁에 소고기 타다끼를 올려놨다.

…뭐야?
소고기 타다끼.

신애가 비닐봉지를 풀었다. 일회용 용기에 담긴 소고기 타
다끼를 확인하고, 선을 쳐다봤다.

어디서 났어?

그랬다. 집에선 어떤 음식이 생기면 늘, '어디서 샀어?'가 아
니라 '어디서 났어?'라고 물었다. 그럴 확률이 높았고, 실제로
그랬으니까.

미정이. 미정이가 사준 거야. 엄마 먹으라고. 제일 좋은 음
식이래…

*

선은 이불을 머리끝까지 올렸다. 최대한 이불 끝을 눌렀다. 소리가 새어나가지 않도록. 울다 지처 잠에 들었다가 잠깐 깬 새벽에 선은 물을 마시러 차가운 거실에 나갔다. 다 먹었는지, 비어있는 일회용 용기가 물에 씻겨 싱크대에 있었다. 선은 물을 몇 번 마시고 잠든 신애의 얼굴을 봤다. 푸른 새벽빛이 신애의 얼굴을 더 적적하게 만들었다. 가만히 선 채로 눈을 껌뻑껌뻑 거리다 다시 방으로 들어갔다.

점심쯤이 돼서 겨우 일어난 선은 핸드폰을 보고, 더 이상 갈 곳이 없고, 할 일이 없다는 사실을 다시금 깨달았다. 방문을 여니 낯선 음식 냄새가 났다. 식탁에는 말 그대로 상다리가 부러질 정도로 음식이 차려져 있었다. 반찬들도 통이 아니라 접시에 소분되어 있었다. 치익- 치익- 하는 소리가 계속됐다.

일어났어?

이게 다 뭐야?

먹어. 엄마가 사 왔어. 남은 거 아니야.

신애가 집게를 들고 조심스레 말했다. 그릇도 결혼할 때 사 왔다던 비싼 그릇이었다. 기죽고 싶지 않은 사람이 손님으로 올 때만 내놓는 그릇. 계란말이, 김치찌개, 삼겹살, 소고기가 한데 모여있었고, 밥도 아주 오랜만에 흰쌀밥이었다. 그것들은 분명 좋은 음식이었는데, 보고 있으니 한없이 슬퍼졌다. 선이 힘주어 말했다.

미안해.
…밥 먹어.

선은 젓가락을 들어 계란말이, 소고기, 삼겹살을 번갈아 한 번씩 집었다. 갓 지은 밥에선 마치 저녁 생활 정보 프로그램에서 '밥도 맛있어요'라고 하는 말이 과한 칭찬이 아니라, 실제로 존재하는 표현이라는 걸 알 수 있었다. 입안 가득 따뜻함이 퍼졌다.

미정이한테 고맙다고 말해줘. 잘 먹었다고.
미정이가 엄마 딸이 너무 부러웠대.
고맙네…

식탁을 치우고 신애는 선에게 차를 마시자고 했다. 얼마 전, 파마하러 미용실에 갔을 때 받았다고 했다. 구기자차였다. 선의 입가에 미소가 번졌다.

왜? 구기자차 좋아?
응, 좋아.

따뜻한 물을 붓고, 티백을 넣었다. 말간 물에 진한 붉은색이 퍼졌다. 붉은색이 점점 짙어져 갈색이 됐을 때, 티백을 빼서 쓰레기통에 넣었다. TV를 틀어놨지만, 집중하지 않고 구기자차의 열기를 입김으로 식혔다. 신애는 계속해서 마트에서 웃겼던 일들, 화났던 일들, 황당했던 일들을 생각나는 대로 이야기했다. 기적의 솔잎 기름 사건만 빼고.

엄마, 구기자 꽃말 알아?
아니? 꽃말 모르지.
…
왜? 구기자 꽃말이 뭔데?

냉장고를 열었다. 얼음 서린 비닐봉지들이 가득 차 있고, 반찬통에도 여러 음식이 있는 힘껏 눌러담겨 있었다. 빤히 보고 있자니 애처로웠다. 마치 엄마를 보는 것 같았다. 냉기를 뿜어내는 냉장고 앞에서 눈시울이 점점 뜨거워졌다. 이제 그만 닫으라는 가벼운 경고음이 냉장고에서 울리고 나서야 정신을 차리고 다시 거실로 돌아갔다. 그새 창문으로 햇살이 드리웠다. 차가운 집 안에 햇빛이 번지며 곳곳이 따뜻해졌다. 따뜻한 겨울이라는 것도 존재할까. 선은 그런 생각을 했고, 만약 그런 게 있다면 틀림없이 이번 겨울일 거라고 생각했다.

신부 입장

인아는 내 표정을 살폈다. 내가 어떤 표정을 짓는 남자인지 확인하는 듯했다. 어떤 표정을 지어야 마땅한지 잘 모르겠어 그냥 고개를 끄덕이며 '인아 네 마음이 그렇다면 그렇게 해'라고 말했다. 인아는 살짝 웃으며 '그럴 줄 알았어'라고 답했다. 인아를 따라 웃었지만, 고민스러웠다. 주말에 인아의 아버지에겐 무슨 표정을 지어야 할까. 인아의 아버지는 지금 인아의 마음을 알까.

연애를 하는 동안 인아가 나를 사랑한다는 것이 분명하게 느껴졌지만 결혼이라는 제도가 여자에겐 명백히 손해라고 자주 말하는 인아에게 결혼 이야기를 꺼내기는 어려웠다. 그런 인아가 어느 날 서점에서 같이 책을 구경하다 덤덤한 말투로 '우리

방 하나는 서재로 써야겠지?'라고 말한 건 내게 산뜻한 충격이었다. '우리가 만약 같이 살면'이라는 가정법도 하지 않고 이미 확정된 어법으로 물었다. 마치 살 집을 계약하고 남는 방이 하나 있어 무슨 용도로 쓸지 고민하는 예비 신혼부부처럼 말이다.

우리는 자연스럽게 결혼 수순을 밟았다. 인아가 보통의 결혼 과정을 통과하는 건 신기했다. 화장도 잘하지 않는 인아가 겹겹이 올리는 화장을 아무 말 없이 받아들이고, 몸매를 드러내는 드레스를 입었다 벗으며 카메라를 보고 해사하게 짓는 웃음까지 나에겐 인아의 또 다른 모습을 보는 것 같았다. 그렇게 우리의 결혼은 인아의 부드러운 자아가 등장하며 잘 해결되는 듯했는데, 아니나 다를까 오늘 인아의 발언은 다시금 나를 긴장하게 만들었다.

인아는 신부 입장을 아버지와 하기 싫다고 했다. 엄마랑 입장하려고. 그러면… 아버지는…? 그냥 앉아있으면 되지. 아버지는 알겠다고 하셨어? 아니 이번 주말에 얘기하려고. 인아는 그냥 혼자 입장하는 것도 생각했었다가, 왠지 엄마에게 딸과 함께 입장하는 경험을 선물해 주고 싶다고 했다. 그 말은 '날 키운 사람은 아빠가 아니라 엄마다'라는 뜻이었다. 그런 인아에게 나는 그렇게 말했다. 인아 네 마음이 그렇다면 그렇게 해. 그리고 인아는 나에게 말했다. 그럴 줄 알았어.

*

　부드러운 금빛 실크 보자기로 포장된 한우 세트를 사고, 포도를 좋아하시는 어머님을 위해 청포도와 적포도를 사서 인아네에 도착했다. 인아의 어머님은 자연스럽게 우리 사위 왔냐며 능청스러운 인사를 건넸다. 인아의 아버지 또한 오느라 고생했다고 말했다. 인아는 그 이야기를 언제 할까. 인아네 가족을 보고 웃으며 인사할 때도, 근황을 이야기하면서도, 선물을 전달하면서도, 밥을 먹으면서도 내 머릿속엔 온통 그 생각뿐이었다. 식사를 마치고 과일을 먹을 때, 인아의 부모님은 결혼 준비는 잘 되어가냐고 물었다. 인아는 우리의 진행 정도를 이야기했다. 그리고 인아의 눈빛이 바뀌었다. 지금이었다.

　나 엄마랑 신부 입장 하고 싶어.

　어머님의 눈이 동그래졌다. 너 지금 그게 무슨 소리야? 그리고 본인의 남편을, 인아의 아버지를 쳐다봤다. 아버지는 무슨 말인지 단박에 알아들으신 것 같았는데, 인아의 당돌함이 웃긴지 코웃음을 쳤다. 인아는 그런 아버지의 웃음을 기분 나빠하는 것 같았지만 꼬투리 잡지 않았다. 인아의 어머님은 가시방석에 앉은 것처럼 다급한 표정으로 그거 원래 아빠랑 입장하는 거야, 라고 말했다. 원래 같은 게 어디 있어. 인아가 낮은 목소리로 말했다.

아이고, 장 서방 우리 인아가 지금 무슨 소리 하는 거야?

인아의 어머니는 내게 도움을 요청했다. 그러나 나는 '아…
네, 요즘엔 어머니랑도 많이 입장한다고 하더라고요'라는 인
아의 부모님이 원하지 않을 대답을 했다. 그래도 아빠랑 입장
해야지. 인아의 아버지는 아무 말 하지 않고 표정을 구기며 인
아를 바라보다 결국 한 마디를 뱉으셨다.

너 내가 결혼에 얼마 보탰는지 알지?

인아는 웃으며 그럴 줄 알았어, 라고 작게 말했다. 인아 어
머님의 눈동자가 인아로 아버님으로 바쁘게 굴러갔다. 그럼
나 혼자 입장할게. 인아가 말했다. 다시 한번 아버님이 코웃음
을 쳤다. 모두가 말하지 않았지만 느끼고 있었다. 인아는 어머
님이랑 입장하거나 혼자 입장하고 싶은 것보다 더 명확하게는
아버님과 입장하는 것을 싫어하고 있었다. 팽팽한 긴장감에
비싼 한우가 다시 목구멍으로 올라오는 느낌이었다.

*

인아가 아버지를 싫어하는 건 알고 있었다. 일단 아버님에
대한 일화 같은 걸 이야기한 적이 딱히 없었고, 스치듯 하는
모든 말이 부정적 뉘앙스였다. '우리 아빠 일반 남자라…', '우

리 아빠 옛날 사람이라…' 그런 말을 들을 때면 나는 인아의 마음에 드는 아빠가 될 수 있을까. 인아가 생각하는 아빠의 역할을 할 수 있을까. 걱정했던 게 사실이다.

일반 남자. 그 말이 나오게 된 배경은 이랬다. 인아가 취업을 하고 한동안 일을 배우느라 정신이 없던, 이제 막 수습 기간을 마쳤을 때였다. 인아는 머릿속이나 마음 상태가 어지러우면 그게 곧 방의 정리정돈 상태로 직결되는 사람이다. 그 시기 동안 인아의 방은 뜯지 않은 택배와 갖가지 서류, 사와놓고는 생각날 때만 먹는 건강 보조 식품들이 늘어져 있었고, 먼지와 머리카락이 바닥에 흩어져 있었다. 간만의 주말, 아무 약속도 없어 잠에서 깼지만 침대에서 나오지 않고 핸드폰을 만지고 있을 때, 인아의 아버지가 슬며시 방문을 열었다. 인아가 잠에서 깼음을 확인하고 방을 180도로 훑었다. 그리고 말했다.

아가씨 방이 너무 지저분하네…

침대에 누워있던 인아가 몸을 살짝 틀어 지금 뭐라고 했냐고 물었다. 아버지는 피곤은 하겠지만, 아가씨 방이 이게 뭐냐. 약속이 없으면 오늘은 정리를 좀 하라고 했다. 인아가 말했다.

내가 아가씨로 태어나고 싶어서 태어났어?

그때, 아버지는 자신이 말실수를 했다는 '아차'의 표정이 아니라 '저 기지배 또 발작하네' 하는 표정이었다고 한다. 그런 표정을 지은 아버지를 인아는 그렇게 표현했다. '일반 남자'라고. 또 한 번은 이랬다. 뉴스에서 중년 여성이 살인 당한 소식을 알렸다. 가해자는 여성과 내연 관계인 남성이었다. 여성이 본래 배우자와의 관계를 끝내겠다고 말했지만, 그러지 않았고 시간이 흐르며 불안하고 화가 나서 죽였다는 게 가해자의 진술이었다. 뉴스를 다 같이 보고 있었다. 인아는 속으로 '병신새끼'라고 말했는데, 인아의 아버님은 달랐다.

여자가 처신을 잘못했네.
무슨 처신을 잘못해?

인아가 바로 맞받아치자 아버지는 되려 인아를 의아하게 쳐다봤다. 여자가 입장 정리를 똑바로 했으면 저런 일이 일어나지 않았을 거라고 했다.

그게 저 여자가 죽어 마땅한 이유야?

인아가 힘을 주어 말했다.

그런 남자를 만나지 말았어야지.

인아는 아버지를 똑바로 쳐다보며 밥숟가락을 내려놨다. 너 지금 뭐 하는 거야? 아버지가 말했다. 속이 안 좋아서 못 먹겠네. 많이 드세요. 인아가 의자를 넣고 말했다. 이날, 인아는 아버지에게 '옛날 사람'이라는 수식어를 추가했다. 옛날 사람이면서 일반 남자인 아버님과 인아는 신부 입장을 거부하는 선언을 했다. 아버지는 보탠 돈으로 신부 입장을 내세웠지만, 인아가 꿈쩍 않자 예의의 범주로 넘어갔다.

건방진 소리 하지 말고 원래대로 해.
엄마랑 입장할 거야. 그렇게 알아.

아버님은 인아를 쏘아보다 혀를 끌끌 차고 안방으로 들어가셨다. 어머님은 '왜 과일 더 먹지'라는 애먼 소리를 하다가 인아에게로 시선을 돌렸다.

인아야, 너는 왜 그런 생각을 해서 아빠 자존심을 상하게 해. 그것도 장 서방 앞에서.
자존심?
딴 사람들이 보면 뭐라고 하겠어. 저 집은 아빠가 없나. 아빠 돌아가셨나. 새아빠인가 그런 소리 할 거 아냐.

듣다 보니 인아의 입장이 돼서 나도 어머님의 말이 꼬인 채로 들렸다. 왜 신부는 꼭 아버지랑 입장해야 하는 걸까. 왜 나는 이런 고민 따위는 하지 않고, 아니 할 필요도 없는 걸까. 인아는 붉어진 눈으로 배를 한 움큼 베어 먹었다. 입안에 과즙이 퍼졌는지 입술을 모아 스읍 소리를 내며 과즙을 삼켰다. 오물오물 작은 입으로 다 씹어 넘기고는 인아가 나를 바라봤다.

부럽다. 남자들은 이런 걸로 고민할 일도 없고. 이런 걸로 부모님한테 건방지단 소리도 들을 일 없겠네.

인아의 어머님은 한숨을 푹 쉬었다. 나는 머쓱하게 웃으며 인아의 어깨를 어루만졌다. 인아는 붉어진 얼굴로 잠깐 화장실에 간다고 했다. 어머님과 나 사이엔 정적이 흘렀다. 그 정적을 깨고 말했다.

인아가 어머님… 생각 많이 해서, 같이 입장하고 싶은가 봐요. 나야 괜찮지. 저이 자존심이 문제지.

그때, 왠지 겸손하면서도 옅은 미소가 어머님 얼굴에 퍼지는 것을 보았다. 뭐랄까, 실질적 승리자의 모습이었다. 돌아가는 길엔 인아에게 물었다. 정말로 아버님이랑 입장 안 할 거야? 인아는 단답으로 '응'이라고만 말했다. 더 묻지 않았다. 내가 유난이라고 생각해? 아니, 인아한테는 어머님이 소중하잖아. 인아가 갑자기 나를 향해 몸을 틀었다.

자기가 만약 부모님 중 한 분이랑 입장해야 한다면, 누구랑 입장할래?

*

인아의 질문은 계속 내 머릿속을 배회했다. 정말로 생각해 본 적 없는 질문이었는데, 마치 어린 시절 단골 질문인 '엄마가 좋아, 아빠가 좋아'의 성인 버전 같았다. 그때도 어려운 질문 이었고 여전히 어려운 질문이었다. 친구 녀석들에게 청첩장을 전달할 때마다 나는 그 질문을 했다. 만약 너희가 부모님 한 분이랑 입장해야 된다면 누구랑 입장할래?

대답은 가지가지였다. 엄마랑 들어가고 싶은데 엄마랑 들어 가면 마마보이처럼 보일까 봐 걱정된다고 했고, 그래도 같은 남 자니까 아빠랑 들어갈 것 같다고 하기도 했으며, 갑자기 할머님 은 안되냐는 대답도 있었다. 대부분 본인과 유년 시절의 유대감 이 깊은 사람과 그 순간을 함께하고 싶어 했다. 그 말은 인아의 유년 시절의 유대감이 어머니와 짙다는 걸 의미했고, 반대로 말 하면 아버님과의 유대감이 없었다는 얘기이기도 했다.

왜? 인아씨가 아버지 말고 다른 사람이랑 입장하고 싶어 해?
응. 어머니랑 입장하고 싶어 해.

친구는 아무 말 없이 엄지를 척 들더니, 어깨를 툭툭 치면서 '잘해봐라'라고 말했다. 그건 마치 전장에 나가기 전 전우에게 받는 응원 같았다. 그날을 다시 떠올리면 분위기가 거의 전쟁이었으니 친구가 맥락 없는 응원을 한 것은 아니었다. 물론 내가 치른 전쟁은 아니었지만. 그날 저녁, 인아가 웃긴 얘기를 해줄 게 있다고 했다. 얼마나 웃긴 얘기인지 얘기를 시작하기도 전에 배를 잡고 웃었다. 간신히 진정한 인아가 말했다.

아니 글쎄, 아빠가 갑자기 잘하는 거 있지 나한테. 그리고 예전에 잘해준 것까지 계속 이야기한다. 하다 하다 초등학교 때 나이키 책가방 사준 것까지 얘기하더라.

그 말엔 나도 웃음이 났다. 인아에게 돈과 예의를 들먹이며 마초적으로 굴던 아버님은 결국 인아에게 제발 다시 한번 생각해달라는 식으로 행동하고 계셨다. 아버님이 왜 그러시는지 궁금했다. 아버님은 인아에게 나쁜 부모로 존재한다는 걸 받아들이실 수 없으신 걸까. 아니면 그걸 사람들에게 들키는 게 걱정되시는 걸까.

*

결혼식 당일이었다. 은빛이 도는 하늘색 치마와 연분홍 저고리를 입은 나의 엄마는 마치 봄 같았다. 싱그러운 연둣빛 치

마와 투명한 붉은색 저고리를 입은 인아의 어머님은 여름 같
았다. 두 어머님이 단상 아래 섰다. 흰색 장갑을 끼고서 손을
맞잡은 채로. 사회자가 중저음으로 목소리에 무게를 실어 말
했다. 양가 어머님, 입장.

어머님들이 약간은 경직되고 상기된 얼굴로 단상을 걸어갔
다. 눈을 뜨고 걷고 계셨는데도 도착지점을 보고 걷는 게 아니
라 걸음 수를 외우고 걸어가는 사람 같았다. 두 분이 초에 불
을 붙였다. 붉고도 불안해 보이는, 그러면서도 아름답게 흔들
리는 불꽃이 결혼식 중앙을 밝혔다. 어머님들이 자리로 돌아
갔다. 어머님들의 옆자리엔 그녀들의 배우자, 그러니까 우리
들의 아버지가 앉아 계셨다.

신랑 신부 입장. 우리는 똑같이 왼발을 내디뎠다. 단상 위
에 올라가니 사람들의 핸드폰이 1차로 보였고 그들이 가끔가
끔 각도를 틀어 얼굴이 보이면 그제야 그 핸드폰의 주인을 알
수 있었다. 시대가 시대인지라 촬영을 하는 연령대가 구분되
지 않았다. 나이 드신 분들도 우리를 찍고 계셨다. 정신없이
'네'를 우렁차게 몇 번 말하니, 갑자기 결혼식이 끝을 향해 가
고 있었다. 벌써 양가 부모님께 인사를 올리는 차례였다. 먼저
나의 가족에게 인사를 올렸다. 나의 부모님이 인아의 어깨에
다정하게 손을 올렸다. 인아의 부모님 쪽으로 몸을 틀었다. 갑
자기 식은땀이 나려고 했다. 어쩐지 아버님께서 보는 사람들

이 의아해할 돌발 행동을 하시지는 않을까 걱정이 되기 시작했다. 큰절을 올렸다. 일어나니 아버님이 한숨을 쉬셨다. 인아는 듣지 못한 듯했다.

학교와 회사 등 이런저런 곳에서 알게 된 사람들이 보낸 축하 연락에 복사 붙여넣기하듯 고맙다는 말을 모든 대화방에 보냈다. 마지막 1을 없애니 결혼식이 끝난 기분이 들었다. 인아는 친구들과 금세 약속이 잡혔다. 대학교 때 친구들을 보고 온 인아는 어쩐지 의기양양해 보였다. 아니라고 해도 결혼이 주는 자부심을 인아도 느낀 걸까. 인아는 평소에 좋아하는 노래를 흥얼거리며 샤워를 했다. 하루를 끝낸 인아가 내 어깨에 머리를 얹고 누웠다. 나란히 천장을 봤다. 인아가 실웃음을 지었다.

오늘 애들 만났는데, 글쎄 애들 사이에서 영웅이 된 거 있지.
영웅?
아빠랑 입장 안 한 영웅.
응?
결혼한 애들은 나도 너처럼 할 걸 그랬다고 하고, 이제 할 애들은 자기들도 아빠랑 입장하기 싫은데 고집 어떻게 꺾었냐고 하고, 안 한 친구들은 멋있었다고 하더라고. 다들 아빠랑 입장하기 싫어하는 게 너무 웃기더라.
아…
근데 자기야, 만약 우리가 딸을 낳아서 딸도 나처럼 자기랑 입장 안 한다고 하면 어떡할래?

　인아가 내 표정을 살폈다. 내가 어떤 표정을 짓는 남자인지
확인하는 듯했다. 나는 어떤 표정을 지어야 마땅한지 잘 모르
겠어 그냥 고개를 끄덕이며 '어쩔 수 없지'라고 말했다. 방금
내 표정이 인아의 아버지와 닮지는 않았을까 걱정됐다. 인아
의 질문은 계속해서 내 머릿속을 배회했다. 왜냐면 인아가 '만
약'이라는 단어를 붙여 말했지만, 이것만큼은 가정법으로 다
가오지 않았다. 내가 정말로 생각해 봐야 하는 질문인 느낌이
들었다. 우물쭈물한 나를 보며 인아는 살짝 웃었다.

　이어서 나도 친구들과의 약속이 시작됐다. 결혼 생활에 대
한 신비함과 현실적인 부분들을 이야기했다. 몇몇은 감탄하고
몇몇은 웃으며 들었다. 비워낸 술병이 많아지고 취기가 좀 올
랐다. 그리고 나는 저번처럼 친구 녀석들에게 또 하나의 질문
을 던졌다. 만약 너네 딸이 신부 입장할 때, 너네랑 입장 안 한
다고 하면 어떡할래?

　질문에 순간적으로 분위기가 냉해졌다. 그리고 나는 봤다.
인아의 아버지와 닮은 몇몇 얼굴들을. 기분 좆같을 거 같은데.
한 녀석이 아무렇지 않게 말했다. 존나 한남새끼, 안 하면 안
하는 거지 뭐. 또 한 녀석이 아무렇지 않게 말했다. 그들은 서
로를 쩌러봤고, 무시했다. 그러다 분위기는 결국 그런 생각을

안 하게끔 어렸을 때부터 아주 잘해줄 거라고 다짐하는 쪽으로 결론이 났다. 그들이 말하는 잘해주는 건 어떤 걸까. 나이키 책가방을 사주는 것일까. 정말 잘해준다는 게 무엇인지 알고 있는 걸까.

계절이 바뀌려는지 밖을 나오니 밤이 짙고 서늘해졌다. 몇몇은 담배를 피웠다.

근데 신랑 신부 같이 들어오니까 보기 좋더라. 왠지 동등한 느낌? 시대가 많이 바뀐 느낌이 들었어.

그러니까. 인아씨가 싸워서 얻어낸 장면인 거 알아서 그런가. 좀 멋있더라?

돌아가는 길에 어두운 골목길을 터벅터벅 걸으며 머리 위를 올려다봤다. 가로등이 백색 빛을 내뿜으며 멀뚱히 서 있었다. 왠지 모르겠지만 가로등을 툭툭 발로 차보았다. 단단한 가로등은 꿈쩍 않고 서 있으며 내가 발로 차고 있는 것도 알지 못하는 듯했다. 지금 뭐 하고 있는 거니. 가로등이 그렇게 묻는 것 같았다. 집에 도착하니 인아가 소파에 있었다. 포옹을 하며 인아의 옆에 미끄러지듯 앉았다. 인아는 결혼식 영상을 보고 있었다.

바빠서… 이제 봤네.

인아가 부끄러운 듯 기어들어가는 목소리로 말했다. 나도 아직 못 봤어, 라고 말하니 인아가 웃으며 영상을 맨 앞으로 돌렸다. 신랑 신부 입장. 인아와 내가 나란히 입장했다. 친구 녀석들 말대로 우리는 정말 동등해 보였다. 어머님들이 화촉 점화를 하는 부분에서 인아는 코를 먹는 소리를 하더니 손을 눈가로 가져갔다. 검지 끝으로 눈에 고인 촉촉함을 닦아냈다. 양가 부모님께 인사를 드릴 차례였다. 나는 인아 아버님의 한숨밖에 떠오르지 않았다.

저 때 아빠 한숨 쉬었지?

못 들은 줄 알았는데, 인아는 너무도 무감한 표정으로 그렇게 말했다. 무감한 정도가 마치 '우리 어제저녁에 김치찌개 먹었지?' 같은 정도여서 나는 순간 쉽게 긍정할 뻔했다. 주춤대며 말했다. 들었구나. 인아는 웃으면서 모르는 척을 했다고 했다. 인아가 그날 웃고만 있는 줄 알았는데. 고개를 돌려 다시 TV를 쳐다봤다. 몇 초 전과 다르게 보였다. 영상에는 그동안 인아가 어떻게 살았는지, 어떤 삶을 살아왔는지가 보였다. 아버지가 여성인 인아에게 바랐을 기대와 그걸 꺾으면서 살아왔을 인아. 나는 인아의 손을 꼭 잡았다. 우리가 퇴장하고 있었다. 인아도 나의 손을 꼭 잡았다. 화면 속에서 인아와 아버지가 멀어지고 있었다.

아름다운 나의 작업실

하얀 문을 여니 바닥에서 회색 연기가 나른한 춤을 추고 있었다. 전엔 없던 터프팅 러그가 바닥에 깔려있었다. 형광 연두색 배경에 검정 글씨가 사선으로 누워있었다. liberté. 자유. 그 글자를 조심스럽게 밟았다. 높은 층고가 주는 느낌은 오늘 유난히 더 좋았다. 1층 중앙에는 우아한 붉은색 페르시안 러그가 시선을 사로잡고 러그 위엔 긴 고동색 나무 테이블이 놓여있었다. 맞은편엔 진한 파란색 소파가 있었다. 공간 전체에 여유로움이 퍼져 있었다. 앞으로 내가 쓸 작업실이라는 게 믿기지 않았다. 선우는 의자를 폭넓게 끌고서 앉았다. 계속해서 두리번거리는 내 모양새가 웃긴지 선우가 실소를 터뜨렸다.

그만해. 서울 처음 온 사람처럼 왜 그래.

진짜… 너무 좋아.

넋이 반쯤 나간 내 반응에 선우가 웃음을 터뜨렸다. 차를 목으로 넘기기 전 선우가 말했다.

편하게 써.

*

선우를 알게 된 건 교양 수업에서였다. 미술사 수업이었는데, 난생처음 본관 수업이라 시간 계산을 잘못했다. 계단 몇 개는 두 개씩 오르며 겨우 3층에 다다랐다. 302호 문을 봤을 때 핸드폰 속 숫자가 13:59에서 14:00으로 바뀌었다. 시선을 감당할 각오를 하고 조용히 문을 열었다. 출석을 부르고 있었다. 이럴 땐 내 이름 성이 '하'씨인 게 감사하다. 들어가니 '박'씨 정도를 부르고 계셨다. 숨을 고르고 강의실에 어떤 인물들이 있는지 둘러봤다. 11시 방향에 있는 얼굴이 내 시선을 멈추게 했다. 금발 머리에 방금 깐 비누같이 뽀얗고 말간 얼굴, 짧은 반팔을 입어 드러나는 팔뚝에는 옅은 붉은색 타투. 그 위로 은색 뱅글, 목에는 푸른 터키석 목걸이를 한 여자가 있었다.

임선우

내가 바라보던 여자가 손을 들었다. 깨끗하고 짧은 손톱. 거기엔 볼드한 금색 반지가 끼워져 있었다. 계속 바라보다 교수님의 목소리에 정신을 차렸다.

하지연

누군가 내 손을 볼까 올린 손을 서둘러 내렸다. 다시 선우를 봤다. 수업이 금방 끝났다. 교양이라 실제로 전공 수업 시간의 반 정도밖에 되지 않기도 했지만, 순식간에 수업이 끝난 기분이었다. 그 이유는 분명 선우였다. 아르바이트를 하러 가서도 순간순간 선우가 떠올랐다. 씻고 침대에 누워선 인스타그램을 켜 무작정 '선우', '임선우' 등을 검색했다. 나오지 않았다. 교양이라 모든 과가 섞여있어 과부터 알아야 했는데, 도통 짐작이 안됐다. 회화? 사진? 영상? 영화? 조각? 계속 머리를 굴렸지만 알 수가 없었다. 그러다 족히 스무 명 정도의 계정을 클릭했을 때, 선우의 인스타를 찾았다.

게시물, 팔로워, 팔로잉까지 모든 숫자가 500 이상이었고 피드에는 자연스러운 일상 사진이 대부분이었다. 최근엔 휴양지로 여행을 다녀왔는지 비키니를 입고 썬베드에 누워 책을 읽고 있는 사진이 있었다. 옆으로 넘기니 그런 선우에게 점점 가까워지는 사진이었는데, 강의실 멀리서 힐끔 쳐다봤던 선우의 말간 피부가 아주 가까이, 너무나 선명히 담겨있었다. 굴욕

이 전혀 없었다. 스크롤을 계속 내리며 선우의 일상을 구경했다. 작업 사진도 중간중간 있었다. 회화도 하고 설치도 하는 듯했다. 그리고 한 게시물에는 회화를 완성해가는 과정을 찍은 사진이 있었다. 중간중간 작업복을 입고 긴 머리를 집게핀으로 틀어 올린 선우가 있었고, 캡션에는 '집-작업실-집-작업실…'이라고 쓰여있었다. 잘 사나 보네. 침대 맡에서 부러움과 씁쓸함이 뒤섞인 혼잣말을 뱉었다.

학교에는 작업실이 있는 사람과 없는 사람으로 나뉘었다. 물론 전자가 훨씬 소수였다. 그리고 작업실의 유무는 선택이라기보단 팔자에 가까웠고, 그 팔자는 흔히 말하는 금수저, 흙수저 같은 집안 형편이었다. 나도 물론 작업실이 없었고, 그게 내 팔자였다. 내 팔자에 작업실은 사치였다. 하지만 작업을 하면 할수록 작업실은 사치가 아니었다. 시간이 지날수록 정말로 필요했다. 늘어나는 그림과 점점 더 큰 캔버스에도 그림을 그리게 되면서 낮고 좁은 집에 그림들을 쌓아두는 건 무리였다. 잠이 들지 않는 밤이면 구하지도 못할 작업실을 알아본 적도 있었다. 피터팬이나 네모 앱을 깔고, 상수동, 합정동, 망원동, 을지로, 보광동 같은 익숙한 곳을 검색했다. 괜찮다 싶으면 가격이 터무니없었는데, 그런 곳에도 늘 '줄 서 봅니다^^' 혹은 '불발되면 연락주세요!!' 같은 댓글들이 있었다. 좀 더 현실적으로 중산, 가좌, 약수, 신당 등으로 범위를 넓혀 검색했다. 그래도 내가 가질 수 있는 작업실은 없었다. 가진 돈이 없었다. 그럴 때면 고등학교 친구들과 술자리에서 했던 말이 생각났다.

근데 예술은 돈이 안 되잖아.
야, 돈 걱정할 필요 없는 애들이 하는 게 예술이야. 아직도
모르나?

*

바로 다음 교양 수업에 선우가 몇 안 남은 자리들을 이리저
리 둘러보다 결국 내 옆에 앉았다. 동경과 부끄러움과 친해지
고 싶은 마음과 과연 친해질 수 있을까 싶은 복잡한 생각이 일
었다. 그런 내 고민을 시험이라도 하듯, 그날 교수님은 과제
를 주셨다. 심지어 조별 과제를. 게다가 바로 옆 사람과 2인 1
조로. 나의 오른쪽 눈과 선우의 왼쪽 눈이 허공에서 부딪혔다.
선우가 싱그럽게 웃었다. 선우와의 유대를 아닌 척 바랐지만,
조별 과제까지 하고 싶었던 건 아닌데… 그러면서도 자꾸 입
꼬리가 올라갔다.

선우의 태도는 나이스했다. 연락이 늦게 되는 일도 없었고,
역할 분담을 할 때도 부드러웠다. 조별 과제를 하면서 난생처음
손해 본다는 기분이 들지 않았다. 발표는 선우가 했다. 선우가
강의실 앞에 나갔다. 선우는 발표 전에 나를 보고 웃었는데, 그
웃음에 몇몇 학생들이 슬쩍 따라 웃었다. 선우의 발표는 자연

스러웠다. 너무 자연스러워 실수조차도 적당한 위트를 위해 계산을 한 건가 싶을 정도로. 교수님도, 학생들도, 나도 강의실 안 모든 사람들이 선한 미소를 띠고 있었다. 우리는 과제를 가벼이 통과했다. 자리에 앉아 소리가 나지 않게 하이파이브를 했다.

언제 한번 밖에서 볼까?

수업이 끝나고 나가는 길에 선우가 내 어깨에 손을 올리며 그렇게 말했다. 그러자고는 했지만, 인사치레일 수도 있으니 나도 좋다고 짧게만 답했다. 때문에 아무 생각 없이 아르바이트를 하다 핸드폰 상단에 '어디가 만나기 편해?'라는 메시지를 봤을 땐, 선우가 나를 꽤 좋게 봤다는 생각에 기뻤다. 서로 사는 곳 중간쯤으로 장소를 가늠해 보니 한남동 쪽이 적당할 것 같았다. 선우가 본인이 좋아하는 식당이 있으니 점심쯤 브런치를 먹으면 될 것 같다고 했다.

[나 도착해서 안에 들어와 있어!]

정중앙 원탁에서 선우가 손을 흔들었다. 선우와 나란히 앉아 메뉴를 고르고 있으니 기분이 참 묘했다. 내가 정말 선우의 옆자리가 맞는 걸까. 선우와 학교를 같이 걷는 동안 느낀 건, 지나가는 모두가 한 번씩은 선우를 쳐다봤다. 특이한 옷을 입어서, 화장이 독특해서가 아니었다. 선우는 깔끔한 스타일을 좋아했다. 그런 군더더기 없는 스타일링에도 시선을 끄는 무언가가 있었다. 그리고 그 매력은, 선우의 노력이라기보다는 선우의 팔자였다.

우리는 어쩌다 이 학교에 들어왔는지에 대해 이야기했다. 선우는 예고를 다녔고, 연기를 할까 미술을 할까 고민하다 미술을 선택했다고 했다. 배우로도 승산이 꽤 있을 것 같은 외모를 가진 선우였기에 왜 배우를 선택하지 않았냐고 물었다.

뭔가 짜치는 느낌이 들어서?
아…
난 그런 건 별로.

예술이 멋있어서, 그걸 하면 본인도 멋있어질 거라는 생각에 예술을 악세사리처럼 둘러보려는 애들과 달리 선우는 본 투 비(Born to be) 예술가 같았다.

선우, 너 작업실은 위치가 어디야?
여기 근처인데. 갈래?

선우의 작업실은 여태 봤던 선배들의 작업실과 차원이 달랐다. 언젠가 작업실을 갖게 된다면 이런 작업실이었으면 좋겠다며 핀터레스트에 저장해둔 외국 이미지에 어느 정도 맞먹을 만했다. 원래 어떤 용도의 건물이었냐 물으니 아마 작은 옷 가게였던 것 같다고 했다. 선우가 소파에 늘어지듯 앉아 담배를 꺼내며 피워도 된다고 말했다. 나도 담배를 꺼냈다. 선우의 키보다 조금 더 큰 냉장고에서 선우가 와인을 꺼냈다. 와인을 홀짝홀짝 마시다 보니 화장실이 가고 싶었다. 건물 어디로 가면 되냐 물으니 바로 위층에 있다고 했다. 계단을 올랐다. 위층에는 작업 진행 중인 듯한 설치 작업이 있었다. 혹시나 뭐라도 건드릴까 조심하며 화장실 문 앞으로 이동했다. 화장실 문을 열며 나도 모르게 숨을 참았다. 그리고 열자마자 숨을 뱉었다. 선우의 작업실은 화장실까지 향기가 났다. 조금 좁긴 했으나 깔끔하고, 핸드워시와 휴지, 핸드타월 모든 게 있었다.

선우야 너 작업실 진짜 좋다. 화장실까지 좋네.

취기가 올라온 나는 부러움을 마음껏 드러냈다. 선우는 나를 웃겨 했다.

이런 작업실은 처음 봐… 나도 작업실 갖고 싶다. 핀터레스트에서 저장해둔 작업실 이미지들보다 네 작업실이 더 좋아. 부럽다. 내 집은 진짜 가관이야. 졸업하면 작업실 구할 수 있을까. 셰어라도 할까.
그럼, 지연아. 너 여기 나랑 같이 쓸래?
어?

마땅한 데 찾기가 어려우면, 여기 같이 써 나랑. 어차피 나도 맨날은 못 와.

진짜? 진짜 그래도 돼? 그럼 내가… 내가… 청소라도 할까, 선우야?

청소해 주시는 분 따로 계셔. 매일은 아닌데 일주일에 두 번 정도 오셔.

그러면…

우선 써, 그냥.

와인병을 들고서 꼬여가는 발음으로 고맙다는 말을 연신 내뱉었다. 그리고 그것도 우리의 만남처럼 인사치레가 아니라, 진짜였다. 다음날 선우가 나에게 [손바닥으로 스캔하고 3207* 누르면 돼]라는 문자를 보냈으니까. 짐을 옮기는 건 종환이 도와줬다. 들뜬 나를 보며 대체 어떻길래 그러냐고 의아해하던 종환도 작업실을 면밀히 둘러보더니 진심 어린 말로 좋다고 했다.

그럼 혹시 돈은 어떻게 나눠? 공과금 같은 걸 나누나?

어… 따로 얘기는 없었는데…

진짜?

있다 보면 얘기… 해주겠지?

나의 질문 아닌 질문에 종환도 동의를 했다. 선우의 것들을 손대지 않으면서 그 주위로 내 물건을 놨다. 나의 첫 작업실이 생겼다.

*

작업실에는 일주일에 두 번에서 세 번 정도를 갔다. 가까운 건 아니었지만, 아르바이트를 하지 않는 평일에는 반드시 가려고 했다. 작업을 하는 것도 정말 좋았지만, '작업실에 가야 돼서'라는 말을 하는 게 좋았다. 그러면 후배와 동기들은 물론이고 선배들까지 '작업실 있어?'라며 부러운 눈으로 날 바라봤고, 작업실 메이트가 '선우'라는 사실에는 말을 더 잇지 못할 정도로 부러워했다. 그런 시선들과 고조된 목소리가 내 어깨를 올라가게 했고, 발걸음을 자꾸 작업실로 향하게 했다. 작업실에서 선우를 보는 건 세 번에 한 번 정도였다. 오늘은 그런 날 중에 하루였다.

아, 맞다. 오늘 저녁에 내 친구들 여기 올 건데…
그럼 그전에 갈게!
아니 그게 아니라… 같이 놀래?

소파에 늘어져있는 선우가 주머니에서 담배를 꺼내 불을 붙일 때까지도 대답을 하지 못했다. 고민됐다.

선우의 친구라면 선우와 비슷할까. 비슷할 수도 있지만 비숫하지 않다면 아마 그들의 유대는 부유함이 아닐까. 그렇다면 내가 있어도 될까.

응, 좋아.

제일 먼저 도착한 사람은 인우였다. 인우는 패션을 하는 친구였다. 옷을 만들어 판다고 했고, 다음 시즌 런칭이 어쩌고 하는 걸 들으니 이제 막 시작하는 건 아닌 듯했다. 보여주는 사진을 보니 깡마른 친구, 타투와 피어싱이 많은 친구, 눈썹까지 탈색을 한 힙스터 친구들이 인우의 옷을 걸치고 카메라를 노려보고 있었다. 그중에 몇 장은 선우도 있었다. 나는 옷이 멋있다고 말했다. 멋이 많이 든 것 같았지만, 진짜 멋있기도 했다.

인우 다음에 도착한 사람은 캐롤이었다. 악수를 청하며 '캐롤이에요'라고 했다. 쌍꺼풀도 없고 너무도 동양인처럼 생겨 캐롤이라는 이름은 어떤 이름인 건지 궁금했다. 그렇지만 질문하지 않았다. 그냥 받아들이기로 했다. 캐롤은 우리 학교 사진과라고 했다. 아마 건물이 달라 본 적이 없는 듯했다. 아무튼, 인우의 패션 사진은 캐롤이 찍은 것이었다. 그리고 캐롤 다음으로는 벤이 왔다. 벤은 정말로 외국인이었다. 디제잉을 한다고 했고, 이미 취한 상태였다. 벌건 얼굴로 나를 보자마자 포옹을 했다. 선우가 '뭐 마셨어?' 하니까 서툰 발음으로 '쏘주

우'라고 말하곤 헤실헤실 웃었다.

지연씨는 무슨 작업해요?
저는⋯ 페인팅해요.
예정된 전시 같은 거 있어요?
아직은 없어요. 학생이라⋯ 근데 이제 졸업 전시하겠죠?
그러고 보니까 선우 너 전시 언제야?
나? 내년 초.

몰랐던 얘기였다. 연초에 열리는 선우의 전시.

전시해?
좀 복잡한데⋯ 아는 언니의 남자친구가 갤러리에서 일하고 있고, 우리 엄마랑 거기 사장님이 아는 사이래. 그래서 뭐 이런저런 얘기 하다가 하기로 했어.

그 말은 물에 물감이 번지는 것처럼 내 마음속을 물들였다. 선우의 주변엔 그런 사람들이 있었고, 내 주변엔 그런 사람들이 없었다. 그건 날 힘들게 하는 것 중 하나였다. 내 주변 사람들은 나를 사랑하며 존중하긴 했지만, 정말 진심으로 이해하거나 공감하진 못했다. '너는 미술 하면 어떤 쪽으로 취직하는 거야?' 같은 질문부터 남들과 다른 선택을 할 때면 늘 '지연이가 좀 예술적인 그런 게 있잖아' 같은 비꼬는 듯 내려깎는 말들을 들어야 했다. 그러나 여기있는 선우, 인우, 캐롤, 벤은 그런 걸 들어본 적도 없고 어쩌면 그런 말의 종류가 무엇인지조차 모를 것 같았다. 사소한 말에 멍하고 답 없는 생각을 할 때쯤 대화 주제가 사랑으로 바뀌고 있었다.

캐롤은 자주 가는 와인 바 사장님을 짝사랑하고 있다고 했다. 쿨하게 악수를 청하던 캐롤은 어디 가고 갑자기 수줍은 소녀의 모습을 보이면서 말했다. 그리고 아주 찰나의 순간이지만 그런 캐롤을 인우가 지긋이 쳐다보고 있다는 걸 알아차렸다. 아마도 인우가 캐롤에게 마음이 있는 것 같다고 생각했는데, 와인잔을 들어 올리는 인우의 왼손 네 번째 손가락에 반지가 끼워져있었다.

미소는 잘 지내?
잘 지내지.
미소가 럽스타그램 많이 올리던데.
그니까, 부끄럽게⋯ 지연씨는 만나는 분 있으세요?
네. 저는 좀 오래 만났어요. 한 5년 정도⋯
근데 커플링은 안 했나 보다.

인우가 자신의 커플링을 툭툭 치며 쉽게 말했다. 커플링. 생각해 본 적 없었던 건 아니지만, 나랑 종환의 입에서 가격을 정확히 모르는 일에 대해 말하는 일은 드물었다. 우리는 정확하게 아는 가격만 말했다. 여행을 가도 메뉴판에 '싯가' 또는 '변동 가격'이라는 단어가 있으면 절대 가지 않았다. 우리에겐 커플링도 그랬다. 적당한 걸 고르면 적당하게 기분 낼 수 있겠지만, 거기서 얼마를 더 보태면 좀 더 이쁜 게 있을 거였고, 거기서 좀 더 보태면 더 좋은 게 있을 터였다. 우리는 그래서 하지 않았다. 종잡을 수 없는 가격이, 늘어난다면 무한대로 늘어날 수도 있는 가격이 부담스러웠다. 그래도 나는 이렇게 말했다.

뭘 해야 될지 잘 모르겠더라고요.

*

숙취에 정신을 못 차리며 해롱대다 결국 학교를 가지 못했다. 라면으로 겨우 해장을 하고 편의점에 가서 파워에이드를 벌컥벌컥 마시며 바깥바람을 좀 쐬니 그제야 숙취가 풀리는 듯했다. 그리고 그제야 알아차렸다. 아이패드를 작업실에 두고 왔다는 것을.

작업실에 도착하니 어제의 잔해가 그대로였다. 보라색 얼룩이 눌어붙은 와인잔이 늘어져 있었고, 치즈 조각이며 과자 부스러기가 여기저기 흩뿌려져 있었다. 그림 그릴 때 매는 앞치마 작업복을 입고 정리를 시작했다. 설거지할 것들은 물에 담가 불려놓고, 그동안 버릴 것들을 버렸다. 쓰레기봉투가 부풀어 올라 봉투 양쪽 끈을 잡아당기고 발을 봉지에 넣어 쓰레기들을 꾹꾹 누르고 있었다. 그때 문이 열렸다. 마르고 소탈한 옷차림을 한 아주머니가 문 앞에서 어리둥절하면서도 경계의 눈빛으로 나를 바라봤다.

누구세요?

아주머니가 나에게 물었다. 나도 물어봐야 할 판인데 먼저 질문을 당했다.

저는…
여기 청소하는 사람은 전데, 누구세요?
저는 선우 친구…
아! 아가씨 친구예요?

일주일에 두 번 정도 오신다는 청소 아주머니였다. 선우의 집 청소를 해주시는 분인데, 선우의 작업실이 생기면서 페이를 조금 더 받고 화요일, 금요일마다 청소를 하러 오신다고 했다.

아유 깜짝 놀랐네. 근데 어제 여기서 한잔했나 보다… 술 냄새가…
네… 선우 친구들이랑 같이 마셨어요.
그런데 혼자 청소하러 온 거예요?

그렇다기보다 놓고 온 게 있어서 왔다가…

괜찮아요. 내가 할게, 쉬어요.

아주머니는 내가 끼고 있던 고무장갑을 벗기려고 안달했다. 성화에 못 이겨 벗긴 했지만 마냥 청소를 넋 놓고 보고 있기도, 아이패드만 쏙 챙겨서 나가기도 그랬다. 옆에서 소리를 작게 내며 청소를 도왔다.

아니 근데, 선우 아가씨랑 학교 친구예요?

네, 맞아요.

참 착하네. 그럼 아가씨도 그림 그리나?

네.

혹시 저기 저… 수족관 그림이 아가씨가 그린 거예요?

맞아요.

아니…

아주머니는 마치 주인을 찾고 있던 물건의 주인을 찾은 듯 뿌듯한 표정을 지었다. 고무장갑을 빼고 앞치마에 손을 벅벅 닦고선 아이처럼 웃으며 나의 그림 앞으로 다가갔다.

얼마 전부터 봤어요 이 그림. 수족관 그린 거 맞죠? 그러니까… 수족관을 보는 사람들을 그린 거죠. 맞죠? 아니 이거 보는데, 예전에 우리 아들놈이 금붕어를 키우고 싶다고 하도 생떼를 피워서 사준 적이 있었거든. 아휴 그래서… 결국 샀는데, 어항을 볼 때마다 못 보겠더라고. 얘를 보고 있는 내가 뭔가 너무 참… 그런 거야. 얘는 무슨 죄여서 여기서 이렇게 헤엄도 아닌 헤엄을 치고 있나 싶고… 근데 아들은 또 그게 좋다고 매일 걜 보는 거야. 어항 유리도 맨날 손가락으로 톡톡 치고. 내가 그거 금붕어 스트레스 받을 수도 있으니까 하지 말라고 해도 재밌게 해주는 거래. 그냥… 그래서 내가 아들놈 몰래 그냥… 다시 원래 샀던 데에 돌려보냈어요. 돈 안 줘도 되니까 다시 받아달라고 했지… 학교 끝나고 온 아들놈이 울고불고하는데, 어쩌겠어. 못 가지는 것도 있다는 걸 알아야지. 다 가지고 살 순 없잖아.

물이 담긴 비닐봉지에 바늘로 구멍이라도 내 졸졸 새는 물처럼 아주머니는 이야기를 쉼 없이 내뱉었다. 신기한 건 듣기 싫지 않았다. 나이 든 여자의 푸념처럼 들리지 않았다. 한 엄마의 과거 같았고, 한 인간의 태도로 들렸다.

아무튼, 이 그림을 보니까 그때가 생각이 나더라고. 아가씨는 어떤 마음으로 그렸는지는 모르겠지만, 그림 모르는 내가 봐도 이 그림에 눈이 가더라고. 화요일에 청소하다 말고 오래 봤어요. 선우 아가씨 거는 좀 어려운데, 아가씨 거는 뭔가 막 어렵고 그렇지는 않은 것 같아. 근데 그게 나쁘다는 건 아니고 좋다는 거야.

감사합니다.

내가 감사하지…

아주머니는 원래는 두 시간 동안 청소해야 할 걸 내가 도와 40분은 일찍 끝났다며 고마워했다.

아가씨는 또 그림 그리다 가게?

네… 그림 좋게 봐주셔서 감사합니다.

뭘. 다음에 또 봐요.

문을 닫고 불을 켜지 않으니 작업실에도 오후의 그을음이 졌다. 2층으로 올라가 손을 씻었고, 잠깐 소파에 앉아있다 보니 노곤함이 밀려왔다. 나도 모르게 '20분만…'이라는 주문을 외우며 소파에 포근히 쓰러졌다. 그리고 내가 일어났을 땐, 작업실이 깜깜해져 있었다. 시간을 확인해 보니 20분은커녕 거의 2시간이 지나 저녁 7시쯤이었다. 그리고… 이상한 신음 소리가 들렸다. 눈동자를 사방으로 굴리며 상황을 파악하려 노력했다. 이따금, 들리는 남자의 목소리는 인우였다. 그리고 그 목소리가 '선우야 그냥 해도 돼?'라고 했을 때, 머리가 아득해졌다. 귀를 막고, 숨을 참았다. 그래도 계속 그들의 신음 소리가 귀에 들어왔다. 관계가 끝나면 화장실을 가려 한 번은 올라올 것이었다. 가방을 들고 숨을 죽이고, 작은 붙박이장 창고 문을 조심스레 열었다. 마치 〈기생충〉에서 이선균과 조여

정이 섹스를 하는 동안 탁자 밑에 있던 송강호가 된 기분이었다. 다만 영화를 볼 땐 몇 초 혹은 몇 분이면 지나갔을 장면을 실제로는 그들의 애무, 삽입, 사정까지 모든 과정을 들어야 했다. 그들이 나가고, 거의 9시가 돼서야 작업실을 나갔다. 집에 갈 힘이 없어 종환의 집으로 향했다. 아무 말도 하지 않고 나사 빠진 얼굴로 있으니 종환이 무슨 일이 있었냐고, 왜 그러냐고 물었다.

있잖아, 나 오늘 섹스하는 거 봤다. 그니까 본 건 아닌데 들었어.

어제 같이 술 먹은 애들?

응.

골 간다. 어디서?

나 2층에 있었는데 몰랐나 봐. 1층에서 하더라고. 저녁 7시밖에 안 됐는데 술도 엄청 떡이 돼서…

낮술 했나 보네.

근데 남자애 여자친구 있고, 선우 걔도 아직 안 헤어진 걸로 아는데…

그런 자기들이 자유롭다고 생각하겠지.

근데 진짜 웃긴 건 나 숨었다. 기생충 송강호처럼.

…아.

아무 말도 못 하고 그냥 숨었어. 내 작업실 아니니까. 얹혀 살고 있으니까…

선우와 친구들을 철이 안 든 어른 취급하며 그들에 대해 툭툭 내뱉던 종환의 입이 쏙 들어갔다. 내가 〈기생충〉의 송강호가 된 것 같았다고 하니 종환은 완전하게 이해했다. 우리는 친구가 올 수도 있는 작업실에서 섹스를 하지 않았지만 그럴 수 없기도 했다. 우리에겐 도덕심이 있는 게 아니라 섹스할 작업실이 없었으니까. 우리는 한동안 아무 말이 없었다. 우리는 그날, 그저 안은 채 서로의 등을 쓸어줬다.

*

작업실은 점점 아지트가 됐다. 작업물보다 술병이 많아졌다. 문을 열면 거의 모든 날에 술 냄새가 났고, 작업을 하려면 결국 청소를 해야 했다. 하루는 나도 모르게 문을 열자마자 닫고 다시 집으로 돌아갔다. 선우는 이따금 '요즘 작업실 와?' 같은 말을 했고, 나는 마주치지 않는 것 같다며 애써 상황을 모면했다. 가끔 동기들은 '그래도 넌 작업실 있지 않아?', '너 선우랑 작업실 같이 쓴다고 들었는데', '너 작업실 한남동 근처라며!' 같은 말들을 뱉었다. 그렇다고 말하긴 했지만, 기쁨이 처음과 같지 않았다. 그냥 원래대로, 작업실이 없던 때로 돌아가고 싶을 정도였다. 하지만 점점 졸업 작품 심사가 가까워졌다.

졸업 심사는 소문이 어마어마했다. 소문으로는 필드에서 작업 활동을 하고 있는 작가를 데려와 심사할 것이며, 독설에 우는 애들도 많고, 잘해도 찜찜한 정도가 될 거라고. 졸업 시즌이 다가와 아르바이트 근무 요일도 줄인 마당에 작업이라도 잘해야 했다. 다른 생각하지 말고 작업에 집중 하기로 했다.

그날도 문을 여니 와인잔과 음식 잔해들이 굴러다녔다. 러그에 쓰여있는 'liberté'가 너무 얄미워 갈기갈기 찢어버리고 싶었다. 악 소리를 한 번 지르고, 와인잔은 싱크대에 쓰레기는 쓰레기봉투에 넣었다. 그러다 갑자기 눈물이 왈칵 쏟아졌다. 고무장갑을 끼고 쓰레기봉투 앞에서 엉엉 울었다. 무언가 답답했는데, 그 무언가가 이 작업실이라면 이상했지만 아무래도 이 작업실 때문인 것 같았다. 주제보다 과한 작업실에서 작업하고 공과금도 분담하지 않으니 어떻게 보면 불평불만이 없어야 당연했다. 그런데 내 서러움은, 가까이에서 바라본 선우와의 생활 같은 것에서 생기는 서러움이 아니라 이 작업실을 떠나지 못하는 나 때문이었다. '나 그냥 학교에서 할게'가 안 됐다. 종환은 학교에서 야작을 하면 되는 거 아니냐 했지만 학교 공간엔 이미 과제로 꽉 차 있었고, 야작도 학교 앞에서 자취를 하는 애들에게나 유효한 방법이었다. 무엇보다 졸업 작품은…
과정을 보여주고 싶지 않았다.

그럼 뭐 어쩔 수 없네. 기생충 해야지.
말 그렇게밖에 못해?
너 하는 게 답답해서 그런다, 왜?

작업실에 대한 푸념을 더는 못 듣겠다는 듯, 종환의 지겨운 목소리가 하필이면 쓰레기봉투를 붙잡았을 때 마음속에 크게 울려 퍼졌다. 그때, 빛이 내 발 끄트머리에 닿았다. 주춤거리면서 다가온 아주머니는 이유도 묻지 않고 내 등을 토닥였다. 내 손에 끼워진 고무장갑을 벗기고, 쪼그려 앉아있는 나를 일으켜 소파에 가서 편하게 있으라고 했다. 찬물도 함께 내어주시면서.

뭔가 속상한 일이 있었나 봐요. 그림도 멈춰 있는 것 같아.
그러니까요. 그려야 하는데…
오면 청소하느라 시간 쓰죠?

아무 말도 하지 않았는데 너무 정확히 짚은 아주머니의 말에 심장을 누가 무딘 칼로 찌른 것만 같았다.

그냥 놔둬요. 아가씨는 그림만 그려. 청소는 내가 하잖아.
…그래도.
괜찮아. 각자 할 일 해야지. 선우 아가씨는 몰라서 그래. 나빠서 그러는 게 아니야. 선우 아가씨도 정말 착해. 근데 정말 몰라 이런 사람들은. 그리고 선우 아가씨는 몰라도 되는 팔자고.
그러면 아주머니는요?
난 그런 걸 받아들여야 하는 팔자인 거지.
저도 그렇겠죠?
우리 아가씨는 그림 그릴 팔자지. 어서 여기 앉아 그림 그려요.

아주머니는 내 캔버스 앞 작은 스툴 윗면을 손으로 쓸어내고 탁탁 두드리며 오라는 손짓을 했다. 손등으로 눈물을 닦아내다 웃었다. 아주머니는 내 웃음에 본인이 더 환하게 웃으며 머뭇거리는 나의 손목을 살포시 끌었다. 다시 그림 앞에 앉았다.

*

졸업 작품 심사날이 됐다. 그림을 겨우 완성했으나 다 말리지 못했다. 몇 군데는 축축했다. 교수님들은 이번엔 평등하게 해보자며 이름을 가나다순이 아니라 랜덤으로 부르겠다고 했다. 한 다섯 번째 정도였을까. 내 이름이 불렸다. 준비한 작업 설명을 읊었다.

제 작업은요. 수족관을 보는 사람들을 그렸어요. 아는 아주머니 아들 분께서 금붕어를 키우고 싶어 했대요. 하도 생떼를 피워서 결국엔 사줬는데, 어항을 볼 때마다 보기가 어려우셨대요. 그렇지만 아들은 엄청 좋아했대요. 매일 금붕어를 보면서, 어항 유리도 맨날 손가락으로 톡톡 쳤대요. 결국 그 아주머니는 금붕어를 원래 샀던 데에 몰래 돌려보냈대요. 그래서 학교 끝나고 온 아들이 울고불고하는데 달래주지 않았대요. 그 이야기를 듣고 제가 어렸을 때 수족관에서 느낀 불편함이 떠올랐어요… 근데 저랑 다르게 친구들은 막 좋아하고 있고 되게 이상했어요. 그리고 저는 그게 수족관 밖에서도 일어난다고 생각해요.

그게 뭔데?

…거리감이요.

작업에 잘 드러났다고 생각해?

…

사람들을 좀 더 진하게 그리면 좋을 것 같아. 그리고 기간 얼마 안 남았어. 부지런히 그려.

생각보다 적당한 피드백을 들어 가슴을 쓸어내리며 자리에 앉았다. 이어서 선우의 이름이 불렸다. 선우는 작업실 2층에 두었던 선우의 설치 작업을 가지고 나갔다. 보던 것보다 조금 더 완성된 형태였다. 선우의 작업은 작은 그네였다. 원래 그네의 연결이 쇠사슬이었다는 것을 짚으며, 그네의 끈을 투명 끈으로 만들었다. 따라서 작품 이름은 '자유 그네'였고, 피규어 형태를 거기에 앉혀 놓았다. 발표를 끝내고 자리로 들어오는 선우가 나를 보며 코를 찡긋하며 웃었다. 강의실을 나서면서는 그래도 한시름 덜었다는 말을 했다.

교수님은 교수님인가 봐. 그래도 피드백 들으니까 작업 방향성이 더 잡히는 것 같아. 아까 교수님이 말한 거 참고해 보려고.

고개를 끄덕이며 맞장구를 쳤지만, 사실 선우가 어떤 피드백을 받았는지 몰랐다. 그때, 나는 공상에 잠겨있었다. 작업실에 있는 러그도 그렇고, 졸업 작품도 그렇고 선우는 왜 자유라는 주제를 좋아할까. 내가 보기에 선우는 충분히 자유로운 것 같았는데. 선우도 선우 나름대로의 자유가 필요한 걸까.

선우야, 너는 자유라는 주제가 왜 좋아?
심사 다 끝났는데 뭐야. 너도 심사하는 거야?
궁금해.
네, 하지연 교수님. 저는 말이죠. 자유가 좋습니다. 간지나잖아요.

선우의 낭창한 모습에 나오지 않는 웃음을 억지로 끌어냈다. 꼭 한숨 같은 모양새로 튀어나와 속마음이 들킬까봐 걱정됐지만, 눈치채지 못한 듯했다. 그리고 그건 선우가 눈치가 없어서라기보다 눈치가 없어도 되는 구김살 없는 팔자이기 때문일 것이다.

그해 마지막 금요일, 나는 이른 아침부터 작업실에 큰 배낭을 메고 갔다. 모든 짐을 배낭에 넣어놓고 창문을 열고 담배를 피웠다. 고개를 드니 높은 천장으로 담배 연기가 춤을 추듯 올라갔다. 이 작업실은 마지막이 될 텐데, 선우도 마지막이려나. 이런저런 생각이 꼬리에 꼬리를 물때, 청소 아주머니가 오셨다.

집 나온 거 아니죠?

큰 배낭을 보고 아주머니가 농담 어린 말로 무슨 일인지 물었다.

인사드리고 가고 싶어서 기다렸어요. 작업실 이제 빼려고요. 저한테 과분한 작업실이었던 것 같아요.

아유 무슨…

덕분에 졸업은 하겠어요.

그 그림? 다 그렸어요?

아직이요. 2월에 전시인데 그전까지는 계속 그려야 돼요.

그래도 졸업 작품은 욕심도 나고 그럴 것 같은데…

저도 처음엔 그랬는데요. 뭐랄까, 그냥 '내가 이 정도구나' 하는 걸 인정하는 것도 졸업 과정 중에 하나인 것 같더라고요. 그동안 감사했습니다.

…저도 고마웠어요. 잘 지내요.

건물 밖 새하얀 눈 위로 겨울 햇빛이 비쳤다. 걸을 때마다 뽀득뽀득 소리가 났다. 지하철에 타 배낭을 선반에 올려두고 멍하니 있다 선우에게 연락을 했다.

[선우야. 나 작업실에서 짐 뺐어. 이제 학교에서 하려고. 그동안 잘 썼어 고마워]

여러 글자를 지웠다 썼다 하다 보냈다. 바로 입력 중이라는 뜻을 알리는 점 세 개가 떴다.

[헉 그래? 알겠어 그럼 아지트로 놀러 와!]

딱딱한 글씨 속에도 선우의 낭창함이 전해져 나도 모르게 풉 하고 소리를 내 웃어버렸다. 어둡던 열차 창밖이 환해지며 경쾌한 고전 음악이 나왔다. 선반에서 배낭을 내리고 들쳐멨다. 메지 않다가 다시 메니 가방의 무게가 새삼 무거웠다. 좌우를 둘러보고 내가 가야 할 곳으로 방향을 틀었다. 걷다 보니 가방의 무게가 점점 익숙해졌다. 당연한 무게 같았다.

장미 빌라

재호와 나는 장미 빌라에 살았다. 이름 그대로 담에 흐드러지게 장미가 늘어져 있는 빌라. 나는 103호, 재호는 101호. 재호네 가족과 우리 가족은 좋은 관계를 맺으며 지냈다. 품앗이하듯 서로 음식을 주고받고, 마주치면 자상하게 인사를 했다. 중학교에 가니 재호가 한 명 더 있었다. 장미 빌라에 사는 최재호와, 학교에서 조금 먼 동네에 사는 윤재호였다. 둘은 확연히 달랐다. 최재호는 축구하는 애, 윤재호는 음악하는 애. 최재호는 까무잡잡한 애, 윤재호는 허여멀건 애. 최재호는 키가 큰 애, 윤재호는 평균 키인 애. 최재호는 와일드, 윤재호는 센티멘털. 보통 같은 이름을 가진 아이들은 친해지지 않던데, 재호와 재호는 친하게 지냈다. 그들은 최재와 윤재라고 불렸다.

윤재는 최재와 내가 같은 빌라에 사는 걸 부러워했다. 나도 친구가 가까이 살았으면 좋겠어. 윤재는 종종 그렇게 말했다. 윤재는 가끔씩 우리 동네에 밤늦게까지 있기도 했다. 그런 날엔 최재네 집에서 잠들었다. 우리 엄마는 최재랑만 놀던 내가 새로 사귄 친구가 또 재호라는 이름을 가진 걸 알고는 우리 수인이는 재호들이랑만 노네, 라고 웃으며 말했다. 그러다 윤재에게 여자친구가 생겼다. 연우. 연우는 다른 학교를 다니며 기타를 치는 아이였다. 윤재가 보여준 사진 속 연우는 윤재보다 훨씬 작은 체구에 자기 키만한 기타를 지고 있었다. 그 옆에 윤재가 부끄러운 듯 서 있었다. 자신의 사랑을 보여주는 윤재가 사랑스러웠다. 그때 나는 처음으로 친구의 사랑을 응원했다.

연우의 실물을 처음 본 건 우리가 고등학생이 되고 첫 겨울 방학 때였다. 원래는 여름에 보기로 했는데 첫 방학이라 그런지 학원 보충이니 가족 여행이니 하며 차일피일 미루다 아예 계절을 미루게 되었다. 우리는 놀이공원에 갔다. 겨울이라 다행히 사람이 많지 않았지만, 그만큼 흥이 나지 않기도 했다. 역시 여름에 왔어야 했나 싶은 가벼운 후회가 잠깐 들었지만 그래도 즐거웠다. 놀이 기구를 탈 땐 커플인 윤재와 연우가 나란히 앉아 나와 최재가 짝이 됐다. 최재와 무릎이 가까워지니 최재도 남자의 체격을 가져가고 있다는 게 낯설게 느껴졌다. 심장이 간질간질한 기분이 들었다.

연우는 키가 작고 잘 웃었는데, 웃지 않을 땐 조금 서늘해 보이기도 했다. 연우와 윤재가 밥을 다 먹고 담배를 피우러 갔다. 이미 알고 있는 사실이었다. 윤재가 언젠가 모르고 '그래서 연우랑 같이 피우러 나가는데…'라고 얼떨결에 말해버렸기 때문이다. 둘이 담배를 피우는 동안 나랑 최재는 벤치에 앉아 있었다.

연우 쟤 좀 무서워 보이는데. 윤재는 쟤 어디가 좋은 거지?

최재의 말투는 너무나 진심이었는데, 이상하게 표정에선 어떤 감정도 느껴지지 않았다. 그러니까, 무서워 보인다고 말하면서 전혀 무서워하지는 않았다. 그냥 무표정이어서 그런 거 아닐까? 글쎄. 나는 그때 그런 말을 하면서도 최재의 코를 보고, 턱선을 보고, 어깨를 보고 있었다. 그늘진 골목에서 윤재와 연우가 샤워코롱과 담배 냄새가 어설프게 뒤엉킨 냄새를 풍기며 나왔다. 연우는 멋쩍은 미소를 지었는데 여러 번 지어본 듯 자연스러웠다. 최재는 윤재를 보며 무미건조하게 말했다. 병신 새끼. 민망한 윤재가 괜히 최재의 어깨를 툭 쳤다.

*

그날 이후로 꽤 친해진 우리는 꼭 넷으로 숫자가 맞지 않더라도 만났다. 나는 가끔씩 내가 없는 자리가 궁금했다. 어디를

갔을까. 내가 없는 자리는 어떤 분위기일까. 어쩌다 내 얘기가
나왔을까. 몇 시에 헤어졌을까. 나는 모든 게 궁금했지만 아무
것도 궁금하지 않은 척했다. 그저 단체 대화방에 전송된 사진
으로 여러 가지를 추측했다. 그러다 하루는 최재가 빠진 날이
었다. 우리는 신발을 구경했다. 서로의 발 사이즈를 이야기하
다가, 윤재가 자신은 손도 발도 그리 크지 않아서 여차하면 여
자 신발을 큰 사이즈로 신어도 된다는 말을 했다. 이어서 연우
가 손을 쫙 펴면서 말했다.

　최재는 손 진짜 크더라.
　그걸 네가 어떻게 알아?

　연우는 무척 당황했는데, 나는 연우의 그 표정을 보고서야
내가 어떤 말을 내뱉었는지 알았다. 은연중에 내가 갖고 있던
질투와 최재에 대한 애정 같은 것들을 눌러 담은 말.

　그냥 저번에 내 기타를 쳐보겠다고… 그때 알았어…

　연우는 잘못한 학생처럼 말했다. 나는 뒤늦게 수습하려 했
지만 이미 연우도 윤재도 알아버린 눈치였다. 그래서 나는 내
마음이 언제쯤 수면 위로 떠오를까 불안했는데, 그 불안은 전
혀 생각하지 못한 방식으로 덮어졌다. 고등학교 3학년이 거의
끝나갈 때. 그러니까 우리가 이제 막 스무 살로 향해갈 때, 연

우와 윤재 사이에 아기가 생겼다. 윤재는 학교를 나오지 않았다. 나는 그게 어차피 수능도 끝난 마당에 윤재는 음악을 하니까 나오지 않는 거라고 짐작했었다. 하지만 그게 아니라 윤재는 막노동을 뛰었고 연우는 아르바이트를 닥치는 대로 한다고 했다. 그 사실을 최재에게 들었다.

몰랐어? 걔네 돈 필요하잖아.
왜?
애 생겨서.

최재는 아무렇지 않은 말투로 말했다. 애가 생길 걸 다 알고 있었던 것처럼. 나는 그런 최재가 무서웠다. 내 마음이 더 커지면 어떡하지. 최재를 더 많이 좋아하게 되면 저런 무심한 말투에 받을 상처가 무서웠고, 그 아픔이 가늠되지 않았다. 키우는 건 아닌 거냐고 머뭇거리며 물으니 당연한 거 아니냐 걔네가 어떻게 키워, 라고 대답했다. 최재는 윤재와 연우를 생각 없는 철부지 커플로 취급하며, 조금은 무시하는 말투로 말했다. 그날 나는 최재에게 절대로 내 마음을 고백하지 않으리라 다짐했다.

*

연우는 아이를 지웠고, 대학에 갔다. 연우의 얼굴은 그간 많이 상했는데 가끔씩 예전 얼굴이 스칠 때면 마음이 쓰라렸다.

윤재는 음악은 접어두고 그냥 돈을 벌고 싶다며 학교도 입학하지 않고 공장에 다니기 시작했다. 그도 그럴만한 게 둘이 아이를 지울 때 결국 윤재의 아버지가 전체 금액의 8할 정도를 빌려줬고, 윤재는 그걸 갚아야 했다. 윤재는 아버지에게 많은 책망을 들었다. 책망엔 우리도 있었다. '어디서 멍청한 애들만 골라 사귀어가지고' 같은 말. 윤재는 이것도 어쩌다, 술을 마시고 내뱉었다. 최재는 그 나이대 남자들이 그렇듯 군대에 갔다. 혼자 남은 나는 윤재를 만나지도, 연우를 만나지도 못했다. 가끔가다 연우에게 연락이 올 때가 있었는데, 윤재의 행방을 묻는 연락이었다. 그건 주로 늦은 밤이었다. 뾰족한 방법은 없었다. 그저 내 핸드폰으로 윤재한테 연락을 했고, 한 번도 연결된 적은 없었다. 그때마다 연우의 목소리엔 좌절이 씌워졌다.

최재에게선 가끔씩 연락이 왔다. 알 수 없는 조합의 숫자가 너무 반가웠다. 최재의 목소리는 나이를 먹을수록 더 좋아지는 것 같았다. 내가 최재를 좋아하는 마음이 커져서 그렇게 느꼈을 수도 있다. 최재는 이런저런 안부를 묻다가 자신의 일과를 이야기했다. 나는 최재의 일상을 듣는 게 무척 좋았다. 하루를 누군가에게 투정 부리듯 이야기한다는 거. 보통 연인들이 그렇게 하니까. 최재가 첫 휴가를 나왔을 때 첫날엔 가족들을 만나고, 둘째 날에 나를 만났다. 최재 몸은 더 까무잡잡해지고 커져있었다. 최재는 칼국수가 먹고 싶다고 했다. 우리는 함께 갔던 호수 근처 포장마차에 갔다. 칼국수랑 제육볶음, 맥주 한 병을 시켰다.

　윤재랑 연우 사이가 좀 안 좋은가 봐. 연우가 가끔씩 전화해서 윤재가 어딨냐고 물어봐.
　윤재 그 새끼 여자 만나러 갔겠지 뭐.
　여자? 무슨 여자?

　최재가 맥주를 음료수처럼 꿀꺽 넘겨내고 술잔을 내려놓으면서 말했다. 돈 주고 만나는 여자. 믿을 수 없었다. 우리와 함께 동네를 걸어 다니고 꽃 앞에서 사진을 찍고 좋은 노래에 대해서 얘기하고 미래를 고민하던 윤재가? 윤재가 돈 주고 여자를 만난다고? 심지어 연우 몰래? 애를 지우고 아르바이트를 하는 연우를 두고 여자를 만나러 간다고? 근데 최재는 왜 이걸 알고만 있지? 뭐라고 안 하나? 혹시 알고 있었어? 최재는 벌건 제육볶음에 시선을 고정한 채로 고개를 끄덕였다.

　넌 뭐라고 안 했어?
　뭘 뭐라고 해. 그 새끼 원래 그런 걸.
　무슨 윤재가 원래 그래.

　최재는 나를 어린애 보듯 보더니 옛날 얘기를 꺼냈다. 예전에 우리집에서 잘 때, 그렇게 하루 종일 여자 얘기만 했었다고. 여자 사진 보여주며 애 이쁘지 않냐, 얘랑 연락하고 있다, 얘는 부르면 온다, 같은 얘기들. 최재가 한 마디 한 마디 내뱉을 때마다 나는 시시각각 표정이 바뀌었다. 진짜? 진짜 윤재가 그랬어? 내가 최재의 눈을 빤히 쳐다보며 물었다.

너한테도 그랬잖아. 아냐?

나한테? 윤재가 나한테? 순간… 떠오르는 몇몇 순간들이 있었다. 최재가 오늘은 집 분위기가 좋지 않아 윤재를 재울 수 없다고 말했을 때 윤재는 나에게 넌지시 물었었다. 수인아 너네 집은? 안 되겠지? 기타를 배워보지 않겠냐며 손 몇 가락을 부딪히듯 스쳤던 것과 술에 취해있을 때였지만, 내 목에 가까이 얼굴을 대며 향수를 뿌렸냐고, 좋은 향기가 난다고 약간 늘어지는 말투로 말하던 게 기억이 났다. 나는 그럴 때마다 그저 최재가 오해할까 봐 걱정을 했었는데… 최재가 알고 있었다니. 그걸 왜 지금에서야 말할까. 최재한테는 내가 아무것도 아닌 걸까.

술을 잘 마시던 최재는 군대에 있다 보니 주량이 줄어 맥주에도 금방 취했다. 호수에서 장미 빌라까지는 천천히 걸으면 거의 40분 정도였는데, 최재가 술기운도 깰 겸 걸었으면 좋겠다고 했다. 집에 가는 길이 더 늦어지고, 조용한 밤 호수 옆 길을 최재랑 걷는 건 나로선 좋은 일이었다. 조금 전의 서운함이 바보같이 사라졌다. 최재는 약간 비틀거렸는데, 그때마다 최재의 팔을 잡을 수 있었다. 그러면서도 마음이 들킬까 봐 겁났다. 벤치에서 최재가 잠깐 앉았다가 가자고 했다. 벤치에 앉은 최재가 담배를 꺼냈다. 미성년자도 아니니 피워도 상관없지만, 처음 보는 모습이라 이질감이 들었다.

　오늘 만나줘서 고마워.
　무슨… 너 휴간데 당연하지.
　네가 제일 친한 친구다.

　'오늘 만나줘서 고마워'에서는 수줍은 미소를 띠다가 '네가 제일 친한 친구다'라는 말에는 무표정이 됐다. 선을 긋는 게 아니라 정말로 그렇게 생각하는 듯해서 더 착잡했다. 그리고 그 착잡함과 술기운이 안에서 뒹굴었다. 그리곤 결국 이런 말을 했다.

　너한텐 내가 그냥 친구야?
　어?
　난 아니야.

　최재의 표정이 잠깐 말짱해졌다. 그리고 최재가 말했다.

　가자.

아무 말도 하지 않았고, 아무 말도 듣지 못한 것처럼 우리는 다시 걸었다. 술기운이 좀 달아났는지 최재가 아까보다 정상적으로 걸었다. 더는 최재의 팔을 잡지 못했다. 잡을 수 없었다.

*

얼마 뒤, 연우에게서 연락이 왔다. 처음으로 낮에 걸려온 전화였다. 조심스럽고 상냥한 말투로 어떻게 지냈냐고 묻더니 밥이나 한번 먹자고 말했다. 언제? 지금. 지금은 안된다 말하니 연우는 그러면 언제 되냐고 물으며 내가 정확한 날짜를 말하길 요구했다. 나는 주말에 된다고 했고, 어디서 보냐 물으니 자신이 우리 동네에 오겠다고 말했다.

주말에 연우는 우리 동네에 왔다. 그것도 30분이나 일찍. 천천히 오라는 연락을 받고 나는 조금 빠른 속도로 마무리를 하고 나갔다. 베이지색 보헤미안 스타일의 원피스를 입은 연우가 카페에서 햇빛을 받으며 앉아있었다. 요즘 또 술을 자주 마셨는지 어쨌는지 조금 부은 얼굴이었다. 연우는 나에게 뭘 마실 거냐고 물었다. 그냥 커피 마시려고. 연우가 '아이스?'라고 묻더니 잽싸게 카운터로 가 결제를 했다. 쇼케이스에 있는 디저트를 가리키며 뭐 먹고 싶은 건 없냐고 시키고 싶으면 시켜도 된다고 말했다. 나는 지갑을 들고 있다가 네가 왜 사, 라고 말했는데 연우는 어색하게 웃었다. 그 웃음은 예전의 웃음과는 달리 부자연스러웠다. 분명히 약간 이상한 공기가 서리고 있었다. 내 커피가 나오고, 시키지도 않은 디저트가 나왔다. 연우는 내가 아니라 테이블만 보고 있었다.

연우야, 너 무슨 일 있어?

연우가 왈칵 울기 시작했다. 손바닥으로 얼굴을 가렸는데, 손바닥이 축축해지는 게 보일 정도로 울었다. 당황한 나는 셀프 코너에 놓인 티슈 여러 장을 뭉텅이로 집어와 연우에게 건넸다.

수인아, 진짜 미안한데… 돈 좀 빌려주면 안 될까?

애가 또 생겼다고 했다. 나는 숨기지 못하고 한숨을 크게 쉬며 약간 큰 소리로 말했다. 너네 진짜 미쳤냐. 정말 미안하다고 연우는 손바닥을 삭삭 비비며 말했다. 그 고사리 같은 손에서 나는 삭삭 소리가 너무 소름 끼쳤다. 윤재가 어디로 간지 모르겠다고 제발 부탁이라고 말했다. 나는 윤재에게 연락했다. 여전히 윤재는 받지 않았다. 아르바이트로 간신히 민폐를 끼치지 않고 살아가는 나는 그들에게 줄 돈이 없었다.

연우야. 나 돈 없어.
수인아… 진짜 조금만이라도…

연우야, 나 학교 다니면서 주말에 아르바이트하고 겨우 80만 원 벌어. 교통비랑 식비, 핸드폰 요금까지 나가면…

야. 씨발, 됐어. 누가 네 사정 들으러 온 줄 알아?

말을 끊고 연우가 그렇게 말했다. 연우의 얼굴은, 고등학교 시절 우리가 처음 만났을 때, 최재의 말을 떠오르게 했다. 무서워 보인다는 말. 순간 온몸에 소름이 돋았다.

나 처음에 지울 때, 너 모르지? 윤재한테 병원 알려준 사람.

무슨 소리야?

그거 최재야.

…어?

최재라고.

지금 무슨 소리를 들은 거지. 연우의 말에 어딘가를 얻어맞은 기분이 들었다. 와중에도 연우는 씩씩거리며 헛돈만 썼다고 기분이 싫은 티를 팍팍 냈다. 나는 먼저 가보겠다고 했다. 힘이 빠져 집에 돌아오니 나른해져 저녁잠이 들었다. 그리고 잠을 깨운 건, 윤재의 전화였다. 믿기가 어려워 눈을 비벼가며 액정에 뜬 이름이 '윤재'인지 여러 번 확인했다. 정확히 윤재라는 걸 깨닫고는, 통화가 끊어질까 잽싸게 통화 버튼을 눌렀다.

여보세요.

…어. 나 윤재…

…응.

전화했길래…

오늘 낮에 연우 만났어. 윤재 널 찾아.

…알아.

연우한테 가 윤재야… 그리고 연우한테 멀어지지 마.

전화가 끊어졌다. 윤재와의 마지막 전화였다. 그리고, 내가
그들에게 보내는 마지막 응원이었다.

*

그해 겨울 또 한 번 알 수 없는 조합의 숫자가 전화기를 울
렸다. 최재를 기다리던 습관대로 나도 모르게 전화를 받았다.
나는 별말 없이 수화기만 들고 있었고, 최재도 크게 다르진 않
았다. 그러다 최재가 내뱉은 말은, 곧 이사를 간다고 했다. 저
바닥 아래서 내 마음을 누군가 끌어내리는 것 같았다. 술의 힘
을 빌리지도 않았는데, 마음 그대로 전화기를 붙잡고 아이처
럼 엉엉 울었다. 최재는 미안하다고 했다. 나 때문에 이사를
가는 게 아닌데도, 최재네 가족이 알뜰살뜰 돈을 모아 더 좋은
곳으로 이사를 가는 것인데도 최재는 미안해 했고, 나는 버림
받은 기분이 들었다.

옥색 페인트가 발린 101호의 문이 활짝 열려있고 이사센터 직원들이 빌라를 왔다갔다 했다. 좁은 골목엔 뒤 빌라가 보이지 않을 정도로 큰 차가 주차되어 있었고, 그 차의 뒤로 최재네 집이 담기고 있었다. 최재네 부모님은 내 손을 잡고 그간 너무 고마웠다고 말했고, 최재한테 안부를 전해 듣겠다고 했다. 더 좋은 집으로 갈 아주머니의 설렘 가득한 얼굴에 나는 어떤 축하도 하지 못했다.

안 가시면 안 돼요?
응?
여기서 계속 저희랑 사시면 안 돼요?
아이고… 수인이가 우리랑 정이 많이 들었나 보네.

최재네 어머니는 내 어깨를 어루만져 주셨다. 그런 대화를 나누는 뒤로도 이삿짐 직원분들은 착실하게 물건들을 옮겼다. 그런 과정이 계속되고, 101호는 텅 빈 상태가 됐다. 차가 떠났다. 101호를 남겨둔 채로.

가끔씩 멀끔하게 차려입은 부동산 사람들이 몇몇 부부를 데리고 최재네를 찾아왔다. 언제는 신발장 앞에서 그들이 나누는 대화를 슬쩍 들었었다. 여기 살던 사람들이 잘 돼서 저기 신도시로 이사 갔어요. 그러면 집을 보러 온 사람들은 짧게 부러운 감탄사를 뱉었다.

최재는 나에게 더 이상 연락하지 않았다. 처음엔 그게 알게 모르게 마음을 고백한 탓이라 생각했는데, 시간이 지나고 보니 그 이유뿐만은 아닌 것 같았고 어쩌면 아무 이유도 없을 수도 있다는 생각이 들었다. 그렇게 생각한 건, 마지막으로 최재에게서 전화가 왔던 날이었다. 나는 그때 혼자 있었고, 주변이 시끄럽지도 않았고, 아무 일도 하고 있지 않았다. 만약 받았다면 삼십 분 정도는 거뜬히 통화를 할 수 있었다. 하지만 나는 가만히 앉아서 왼쪽 오른쪽으로 몸을 비트는 핸드폰을 바라보기만 했다. 이유는 없었다. 나는 그냥, 전화를 받지 않았다.

엄마는 나에게 이제 재호들이랑은 놀지 않냐고 넌지시 농담을 던졌다. 학교도 다 졸업했고, 사는 곳도 다르고 이제 각자 먹고살기 바쁜 거 아니겠냐며 덤덤히 말하고 싶었는데, 말을 하다 울컥 목이 메어 '그러게…'라고 밖에 말하지 못했다.

먹고살기 바쁘면 이제 잘 못 만나지. 안 싸워도, 사이가 좋아도 그런다니까

…

잘못한 거 하나 없어도 그렇게 돼. 살다 보면…

엄마 말이 맞았다. 생각해 보면 우리 중 잘못한 사람은 아무도 없었다. 사랑을 받고 싶고, 갖고 싶어 한 것뿐이며 그 방법이 너무도 서툴렀을 뿐이다. 그런데, 그 서투름이 너무도 후회

스러워 우리는 서로 만나지 못한다. 눈빛만 봐도 마음을 알 수 있던 우리는 서로에게 마음을 들킬까 봐 만나지 못한다. 그렇게 우리들은 헤어졌다. 그 헤어짐은, 나에게 더는 타인에게 마음을 꺼내지 않으면서, 적당한 거리를 두며 오래 보는 법을 알려줬다. 헤어짐으로, 헤어지지 않는 방법을 알게 됐다.

날씨는 금세 눈을 다 녹이고, 따뜻함을 넘어서 약간 더운 날도 있었다. 바람이 가끔씩 살랑일 때가 있었는데, 그러면 집 근처 카페 문에 달린 종이 찰랑하고 청아한 소리를 냈다. 그러면 나는 그 안에서 나를 기다리던 연우가 떠올랐다. 골목을 꺾어 안으로 들어오면 꽃 내음이 났다. 붉은 장미가 담에 흐드러지게 놓여있었다. 그 풍경에 당연하게도 재호가 떠올랐다. 최재호 윤재호 모두. 물론 최재가 큰 비율을 차지했지만 윤재도 늘 따라오는 기억이었다. 101호엔 새로운 사람들이 들어왔다. 그들은 장미를 보고 이사를 결정했다고 했다. 왠지 마음이 동했다고. 나는 그 말을 듣고 그 사람들에게 내 모든 마음을 꺼내 줄 뻔했다. 하지만 나는 마음을 꺼내지 않았다. 그리고 속으로 말했다. 잠깐 폈다 지는 꽃이지만 많이 보세요. 그래도 아름다우니까요. 그들의 어깨 뒤로 장미가 보였다. 붉은 장미와 담벼락이 뒤엉켜 서로를 껴안은 채 장미 빌라라는 글자를 향해 뻗어나가고 있었다.

우리가 사랑하는 방식

넌 아무나 사랑하잖아.

넌 아무도 사랑 못 하잖아.

수아와 수현이 그렇게 서로를 쏘았다. 수아와 수현은 9분 차이의 일란성 쌍둥이다. 수아가 먼저, 수현이 나중에. 이야기의 시작은 수현이 인터넷 쇼핑몰에서 본 옷을 수아에게 보여주며 '이 옷 예쁘지 않아? 사서 같이 입을래?'였는데 어느덧 둘은 이런 말을 내뱉고 있었다. 수아가 수현에게, 넌 아무나 사랑하잖아. 수현이 수아에게, 넌 아무도 사랑 못 하잖아.

둘의 생김새는 거의 똑같았으나, 묘하게 수현만 인기가 있었다. 둘이 가진 눈빛이나 말투의 뉘앙스가 달랐다. 수아가 남자와 데이트를 하고 헤어질 때 무해하고 밝은 목소리로 '잘 가! 오늘 재밌었어!'라고 한다면, 수현은 '오늘 재밌었는데… 가려 니까 조금 아쉽다'라며 묘한 긴장감을 만들곤 했다. 수아가 그 차이를 알 리가 있을까. 수아에겐 그저 '맨날 거지 같은 새끼들 만 만나는 주제에'라고 말하는 게 제일 적당한 다음 공격이었 다. 그러나 어느 날부터 '넌 거지 같은 새끼들도 안 꼬이잖아'라 는 수현의 말에 수아는 K.O 완패를 당한 기분이 들었다.

수아가 죽을 만큼 싫었던 일은 고등학교 때 같이 다녔던 학 원에서였다. 수아는 어떤 오빠를 좋아했다. 빼빼로 데이를 빌 어 오빠에게 넌지시 마음을 건넬 시뮬레이션을 생각해 보려 는데, 복도 맞은편에서 이미 오빠가 오고 있었다. 어떻게 줄지 아직 생각도 못했는데. 오빠가 수아에게 성큼성큼 다가왔다. 이내 오빠의 향기가 은은하게 맡아질 만큼 가까워졌을 때, 오 빠가 말했다.

아… 수아였구나. 혹시 수현이는 어디 있는 줄 알아?
…화장실에 갔어요.

오빠는 고맙다며 수아를 설레게 했던 입꼬리가 얇아지고 길 어지는 특유의 미소를 지었다. 그런데 그 미소가 왠지 모르게 불안했다. 뒤를 돌아보니 오빠의 등 뒤로 분홍색 리본 포장이 된 빼빼로가 손에 들려 있었다. 집에 도착하니 그 빼빼로가 수현의 침대에 놓여있었다. 그날 수아는 오빠에게 주려고 했던 빼빼로를 먹으면서 울다 잠에 들었다.

*

MBTI가 어떻게 되세요?

또 이 질문. 정말이지 지긋지긋했다. 못 이기는 척 나온 소개 자리에서 남자가 여느 사람들처럼 MBTI를 물어봤다. 이 유행은 대체 언제 끝날까. 마음이 내키진 않았지만 일단 대답했다.

ISTJ요.
현실적인 편이신가 보다. 그러면 진짜 그래요? T랑 F랑 차이 있잖아요. 만약 친구가 교통사고 났다고 하면! 어떻게 반응하세요?

남자가 내 입에서 T 같은, T스러운 대답이 나오기를 물을 머금은 듯 촉촉하게 빛나는 눈으로 기대하고 있었다. 그래 생각해 주자. 수아는 집중해 봤다. 만약… 친구가… 교통사고가 났다고 연락을 한다면?

지금 연락이 가능한 상태냐고 물어볼 것 같은데요. 병원에는 갔냐고.

수아의 대답이 만족스러운 듯 남자는 눈을 동그랗게 치켜뜨며 웃었다.

와, 진짜 그렇게 말하세요? F는 완전 다르거든요. F들은 막 '헐 어떡해. 괜찮아? 다친 거 아냐?'라고 해요. 먼저 걱정부터 하는 거죠!

저도 걱정한 건데요?

그게 걱정이에요? 공감해 주는 게 걱정이죠!

남자는 공감이라는 게 뭔지 가르치려는 듯 수아에게 'F는…' 같은 말로 시작하며 수아라면 하지 않았을 갖가지 반응들을 설명했다. 듣다 보니 기가 찼다. 모두 수현이 했을 법한 행동들이었다. 남자가 꼴 보기 싫어졌다.

저 죄송한데, 식사는 괜찮을 것 같아요.

네? 아… 네.

조심히 들어가세요.

남자는 수아의 직설적인 말에 어떻게 이렇게 상처를 줄 수 있는 건지 싶어 놀란 듯했다. 하지만 수아는 생각했다. 상처받더라도, 길게 보면 이게 예의라고. 수아는 매끈하게 뒤를 돌았다. 집에 돌아오니 수현이 수아를 위아래로 훑었다. 분명 재밌는 얘기가 나올 거라고 확신하는 듯 통 아이스크림을 식탁에

탁 내려놓고 얼어있는 표면을 숟가락으로 찌르며 수아를 봤다. 곱게 차려입은 수아가 라면을 끓이고 있었다.

오늘 어땠어?

별로였어.

설마 지금 저녁 안 먹고 헤어져서 라면 끓여 먹는 거야?

응.

왜? 뭐가 별로였는데?

ENFP래.

야, 그게 왜! 나도 그건데.

그래서 저녁 안 먹은 건데.

뭐?

수현이 또 시작이라는 듯 눈을 위로 굴렸다. 그리고, 결국 그들 사이에서 금지된 그 말을 또 꺼내고 말았다.

넌 진짜 사랑하긴 글렀다.

사랑을 꼭 아는 것처럼 말하네. 네가 하는 게 사랑이야? 외로움 아니고?

뭐?

넌 그냥 남자친구가 있어야 되는 거 아냐? 그게 누구인지는 상관 없잖아.

야.

네가 먼저 시작했어.

라면이 다 익고, 아이스크림도 알맞게 녹았다. 실랑이가 없었다면 같이 식탁에서 먹을 수 있는 타이밍이었지만, 수현이 아이스크림을 다시 냉동실에 넣고 방으로 들어갔다. 그 위로 냄비받침, 수아의 라면이 올려졌다. 수아는 검색했다. ENFP 특징. 세상과 사람으로 에너지를 얻음. 플러팅 고수.

아. 빼빼로가 생각났다. 똑같이 생겼지만, 수현이가 받았던 빼빼로. ENFP라서 받을 수 있었던 건가. 나는 ISTJ라서 관심 받지 못한 건가. 울렁거리는 기분에 핸드폰을 홱 뒤집어 엎어 놓고 라면에 집중했다. 뜨겁고 뻘건 국물을 한 숟갈 떠먹었다. 왠지 모르게 밍밍하고, 허전했다.

*

어느 날 낮, 자고 일어나니 엄마가 없고 거실에서 수현이 무릎을 꿇은 채 어깨를 들썩이며 울고 있었다. 졸린 눈을 비비며 수현에게 다가갔다. 왜 울어. 수현이 손에 공책이며, 사진이며 갖가지 물건들이 왕창 들려 있었다. 보아하니 아빠의 물건이었다. 엄마가 버리라고 했는데 어떻게 해야 할지 모르겠다며 넋 나간 표정으로 널브러진 물건들을 잡지도 놓지도 못하고 있었다.

158

너도 이거… 버려야 한다고 생각해? 아빠가 나중에 돌아올… 돌아오실 수도 있잖아.

수아는 수현이 한심했다. 눈을 감고 한숨을 푹 쉬었다.

넌 진짜 병신이냐?
뭐?
엄마가 다 버리라는 마음을 너는 모르겠어? 이걸 버리고 싶어서 버리겠냐고.
버리기 싫은데 버리는 건 아닐 거 아냐.
버릴 수밖에 없는 사이가 됐으니까 버리지. 넌 왜 네가 아빠 사랑하는 마음만 생각해. 엄마는 안 중요해?
그게 아니라…
그러니까 네가 승환인가 성환인가 하는 폭력적인 그 새끼랑도 못 헤어지지.

수현이 아무 대꾸도 하지 않았다. 그저 오랫동안 멈춰있다 화장실로 들어갔다. 물소리에 울음소리가 묻혀 들렸다. 아마 들키고 싶지 않아 할 것 같아 화장실에서 나왔을 때도 듣지 못한 척했다. 수현은 옷을 갈아입고 밖으로 나갔다. 여전히 아빠의 물건이 거실에 널브러져 있었다. 수아가 물건을 한데 모았다. 정말로 버리려고 쓰레기통 앞에까지 섰는데, 이상하게 버려지지가 않았다. 수아는 그대로 들고 방으로 갔다. 빈 서랍에 물건들을 가지런히 넣었다.

밤이 다 돼서 수현이 집으로 돌아왔다. 수현은 부츠의 지퍼도 내리지 못할 정도로 취해 신발장에서 비틀거렸다. 수아는 수현을 반대로 돌려세워 집 안쪽 바닥에 앉히고 자신의 몸을 신발장으로 이동해 쪼그려 앉았다. 무릎 안쪽에서 한 뼘 정도 아래 있는 지퍼를 잡고 내렸다. 와중에 살을 집을까 봐 가죽을 살짝 힘주어 들고 조심히 내렸다. 수현을 간신히 일으켜 질질 끌어 침대로 옮겼다. 손을 탁탁 털고 방을 나가려는데, 수현이 목소리를 냈다.

야, 내가… 존나 맨정신으로 얘기 못하겠어서 술 좀 마셨거든? 얘기?
난 누가 나 사랑 안 해주면 불안해.
…
알아. 나도 병신 같은 거. 그리고 승환이 아니라 성환이고, 방금 헤어지고 왔어. 고마워…

마지막 말은 취한 와중에도 부끄러운지 등을 벽 쪽으로 돌리고 말했다. 말린 등이 안쓰러워 수아의 눈에 작은 눈물이 맺혔다. 수아는 자신의 방으로 돌아와 침대에 누워 천장을 바라봤다. 수현이는 왜 저럴까. 나는 왜 이럴까. 가만 생각해보면 그 시작엔 아빠가 있었다.

*

처음부터 아빠가 싫었던 건 아니었다.

아빠에게 잘 안기기도 했고, 아빠 옆에서 자려고 응석을 부리기도 했으며, 아빠가 집을 비우면 울기도 했었다. 그러다 수현과 수아가 이제 막 중학교에 적응했을 쯤, 아빠는 점점 절약에 집착했다. 누군가 화장실에 들어가있으면 계속 안에 있는지 물어봤고, 언제 나올 건지 재촉하며 양치를 하다 잠깐이라도 나오면 불을 끄라고 호통쳤다. 또 늦게까지 TV를 보면 버럭버럭 화를 냈으며 통화가 길어지려는 조짐이 보이면 눈에 불을 켜고 쳐다봤다. 때문에 수현이 남자친구와 집전화로 시시콜콜 오랜 통화를 했을 때, 수현은 순간 수화기와 함께 몸이 휘청했다. 머리 안이 느리게 빙 돌았다. 얼얼한 왼쪽 얼굴 옆으로 술에 취한 아빠가 붉으락푸르락한 얼굴로 서 있었다. 그리고 아빠의 손이 한 번 더 수현의 머리를 향해 내려갈 때, 수아가 간신히 낚아챘다. 질끈 감은 눈을 수현이 경계하며 떴다. 수현은 놀라서 주룩주룩 눈물을 흘렸고, 수아는 곧은 자세로 아빠를 똑바로 봤다.

또 한 번은 엄마가 새 냄비를 샀을 때였다. 집에 있는 냄비들이 전부 밑바닥이 벗겨져 시장에서 만원이 겨우 되는 냄비를 사왔던 날. 이번에도 취한 아빠가 냄비를 곧바로 바닥에 내

동댕이쳤다. 여편네가 돈 소중한지 모른다고 소리를 치면서. 방에서 숨죽이고 듣던 수아와 수현이 문을 다급히 열고 나왔을 땐, 이미 모서리가 움푹 패인 냄비가 거실을 나뒹굴고 있었다. 엄마는 세상에서 제일 괴롭게 버려진 사람의 얼굴을 하고 있었다. 수아는 엄마를 감싸 안았고, 수현은 아빠의 몸체를 붙잡았다. 그리고 그때 수아가 그렇게 말했다.

아빠가 우리를 위해서 뭘 했는데. 엄마도 나도 수현이도 사는 거 힘들어. 왜 혼자 난린데.

아빠가 수아로 타겟을 바꿔 또 한 번 화를 내려고 할 때, 수현이 아빠를 잡고 울며 말했다.

아빠, 우리한테 왜 그래… 예전엔 안 이랬잖아… 아빠, 응? 왜 그래…

수아는 수현의 말에 경악했다. 쟤는 이 순간에도 사랑을 하네. 대체 어쩌려고. 그날 수아와 수현은 잠들기 전, 각자의 침대에 누워 서로를 바라보며 대화했다.

아빠는 왜 저렇게 술을 마실까. 진짜 답답한 게 많나 봐.
술도 다 돈인데. 자기나 아끼지.

수현은 이불을 코까지 올리고 수아를 빤히 쳐다봤다.

우리 진짜 다르다.
뭐가?
다 다르잖아. 생긴 것만 똑같고.
…그렇긴 하지.

그 대화는 다음 날에도 계속 수아의 마음에 머물렀다. 집으로 곧장 들어가기가 싫어 친구에게 전화를 걸어 느린 걸음으로 어제 일을 말했다. 나랑 수현이는 쌍둥이인데도 정말 많이 다른 것 같아. 그걸 수현이도 느끼나 봐. 정말 다르다고 하더라. 우리가 살아가는 방식이 많이 다른 것 같아. 그러자 잘못 들은 친구가 이렇게 되물었다.

사랑하는 방식?

잘못 들은 그 말이 맞는 말처럼 느껴져 그렇다고 답했다.

그 말이 오늘 유난히 생각났다. 아빠한테 맞고도 아빠 편에서 이해해 보려는 수현의 미련함을 수아는 평생 이해할 수 없을 거고, 엄마를 지키기 위해 아빠를 정확히 아프게 만드는 수아의 매정함도 수현은 평생 이해할 수 없을 거다. 그렇게 여태 싸우면서 살았는데, 오늘은 수현이 져주다 못해 고맙다는 말까지 했다. 아득한 기분에 팔목과 팔꿈치 사이의 공간으로 감은 눈을 덮었다. 사랑하는 방식⋯ 더듬더듬 그 말을 입 밖으로 내뱉었다. 그리고 그날 밤, 아빠가 떠났다. 새벽의 기억을 더듬어보니 화장실에서 울음소리가 들렸는데, 아빠의 울음소리 같았다. 그러나 아빠가 우는소리는 처음이었기 때문에 설마 우는 건가, 하고 넘겼었다. 아침에 일어나니 아빠가 없었다. 아빠의 물건은 그대로였다. 겨울옷도 옷장에 그대로였고, 신고 나갔을 신발을 제외하고 신발도 그대로였다. 그래서 처음엔 아빠가 외출을 한 줄 알았다. 그렇게 몇 주가 지났다.

엄마, 아빠 어디 간 거야? 계속 외박하는 거야?
⋯이제 그냥 우리끼리 이렇게 사는 거야.

그 말을 수아는 한 번에 알아들었고, 수현은 알아듣지 못했다. 수현이 말의 뜻을 더 물어보려는 걸 수아가 팔뚝을 살짝 꼬집으며 눈치를 줬다. 수현은 그제야 눈치를 챘다. 아빠가 없는 삶은 별반 다를 게 없었는데, 가끔 무거운 거나 수리할 게 있으면 엄마는 '집에 남자가 있어야 하는데⋯'라며 후회의 어조로 말할 때가 있었다. 그때마다 수현은 옆에서 엄마의 어깨를 토닥였고, 수아는 유튜브를 켰다. 수도관 뚫는 법, 전등 가는 법, 조립하는 법 같은 영상을 몇 번씩 꼼꼼히 돌려본 후 엄마를 도왔다.

하루는 수현과 수아가 마트에서 장을 보고 돌아오는 날이었다. 수현이 천천히 흩날리는 눈을 보고 '추운 날 아빠는 어디서 뭘 하고 계실까…' 하며 감상에 빠졌는데, 수아는 아무 감정 없이 '숙식까지 해결되는 곳에서 일하거나 노숙자로 있겠지'라고 말했다. 수현은 감정 없는 수아의 말에 어처구니가 없어 또 그 말을 뱉었다. 진짜 넌 아무도 안 사랑하는구나.

네 마음속에 널린 사랑 가지고 유세 떨지 말아라. 네가 사랑하는 아빠 어디에 있는데, 지금? 알기나 하냐?

수현은 그 말에 화가 난 듯 붉은 얼굴로 구슬 같은 눈물을 한 방울 흘리고 집으로 먼저 들어갔다. 이날, 둘은 서로의 사랑이 명백히 다르다는 것을 체득했다.

*

성환과 헤어진 수현은 한동안 아무도 만나지 않았고, 수아에게 틈만 나면 트레이더스 갈래? 옷 구경하러 갈래? 공원 산책하러 갈래? 집 앞에 새로 생긴 카페 갈래? 같은 제안을 했다. 어느 정도 나이를 먹고 나서는 둘이 시간을 보낸 적이 없어 약간은 어색한 게 사실이었지만, 수현의 제안을 수아는 한 번도 거절하지 않았다. 수현과 사소한 시간들을 자주 보내다 보니 수현에 대해 분명하게 알게 된 것들이 있었다. 수현은 수아가 생각하기에 아주 작은 것에도 감사하고, 수아라면 표현하지 않거나 표현하지 못했을 어떤 마음도 어려움 없이 드러내고 표현했다. 정말이지 자신과 같은 배에서 나온 쌍둥이가 맞는지 의심스러울 정도로 달랐다. 그러던 수현이 다시 식사 자리에서 핸드폰을 내내 붙잡고, 닫힌 문 너머로 애교가 넘치는 목소리로 통화하기 시작했다.

너 남자 생겼냐?
눈치는 빨라가지고.
이번엔 정상이야?
응… 잘해줘.
어떻게 잘해주는데?
내가 끝날 때 되면 딱 시간 맞춰서 데리러 오고, 내 얘기도 잘 들어주고, 어쭙잖게 듣기만 하는 것도 아니고 같이 진심으로 고민해 주고 해결책도 생각해 주더라고.

멀쩡한 대답에 수아가 긴장을 풀었다.

근데 약간 기분 나쁜 거 있어.
뭔데?
ISTJ래.
야.
어떠냐, 기분이?

순간 둘은 서로를 보고 파안대소했다. 수아는 어쩌면 한바탕 싸우길 잘 한지도 모른다는 생각이 들었다. 행복하고 안정된 얼굴을 한 수현을 보니 모든 게 괜찮아지는 것만 같은 천진한 착각이 들기도 했으니까. 그렇지만 정말로 괜찮아지고 있었다. 엄마, 수아, 수현 모두 아빠가 없는 삶에 완전하게 익숙해졌다. 엄마는 마치 남편이라는 존재를 까먹은 것만 같았고, 수현도 아빠의 물건이 버려졌는지 남았는지에 대한 생각도 하지 못하는 듯했다. 더 이상 아빠가 없는 이 집이 사랑이 떠난 공간 같지 않았고, 아빠가 없는 우리도 사랑을 잃어버린 사람들 같지 않았다. 모두 각자의 삶을 살고, 하루에 있던 기쁜 일과 화났던 일, 서러웠던 일을 공유하며, 시간이 되면 산책을 하고, 외식도 하며 시간을 보냈다. 그런 시간을 떠올리면 마른 수건을 3등분 해서 개다가도 웃음이 났다.

언젠가 문득, 수현을 빤히 보다 아빠의 물건을 모아놓은 서랍이 떠올라 열어봤던 적이 있었다. 조심히 천천히 열자 낡은 나무끼리 부딪히는 소리가 났다. 수아는 서랍을 빤히 봤다. 신기하게도 그 물건들에선 더 이상 아빠가 떠오르지 않았다. 오로지 수현이 떠올랐다. 서랍엔 수현의 사랑이 가득 담겨있었다. 세상모르고 소파에 기대 낮잠에 빠진 수현을 서랍과 번갈아 바라봤다. 앞으로는 주는 것보다 많이 받기를. 저 아이의 마음을 사람들이 알아주기를. 수아는 소망했다. 수아는 수현이 깨지 않도록 조용히 서랍을 닫았다. 낡은 나무에선 아까보다 조금 더 부드러운 소리가 났다.

발문 | 김신식(감정사회학자, 작가)

팔자를 실감하더라도

예술학도와 팔자

한국 사회에서 역술인 만큼 팔자에 대해 예리한 생각을 지닌 이는 누구일까. 엉뚱하게 들리겠으나 예술 분야를 전공한 사람이라 주장하고 싶다. 보다 정확히 말하자면 '예술을 하며' 먹고사는 꿈을 품은 채 아등바등해본 사람. 좀 더 나아가 '예술만 하며' 먹고살려고 아득바득댔지만 인생이란 녀석에 호되게 당해본 사람.

본 소설집을 관통하는 정서를 이야기하고자 한때 예술대학에서 시간강사로 일한 시절을 언급해야 할 것 같다. 부임 후 나는 의도치 않게 몇몇 수강생에게 상담사 같은 존재가 되었다.

실토하자면 당시엔 '세상을 향한 분노와 원망이 왜 이리 셀까'를 두고 의아하게 여겼을 뿐, 학생들의 심정에 충분히 가닿지 못했다. 부끄럽게도 '먹고사니즘'을 앞세워 바쁘다고 눙치며, 수강생과 면담하면서 쌓인 개운치 않은 마음을 방치해버렸다.

　오랜 시간이 흘렀다. 『남은 음식』을 만났다. 수록작 「아름다운 나의 작업실」에 나오는 "몰라도 되는 팔자"라는 글귀가 마음속에 맴돌았다. 작품을 읽으며 희미하게 떠오르는 기억을 되짚어보니, 예전에 면담한 학생들이 들려준 이야기와 닮은 구석이 있었기 때문이다. 여기 선우와 지연이란 예술학도가 있다. 지연은 선우의 제안으로 멋들어지고 향이 좋은 작업실을 함께 쓰게 된다. 별다른 조건 없이. 다만 언젠가부터 지연은 작업실에 들르면 선우와 그의 친구들이 어지럽히고 간 흔적을 마주해야 했다. 그러던 어느 날 지연은 여느 때처럼 더러운 작업실을 보게 됐고, 청소하러 온 아주머니와 맞닥뜨렸다. 지연이 함께 방 정리를 하려고 몸을 움직이자 아주머니는 이야길 들려준다. 선우의 삶과 아주머니의 삶을 휘감은 팔자 그리고 지연의 팔자에 대해. 해당 부분을 대사처럼 변형해 소개해본다.

　아주머니　아가씨(지연)는 그림만 그려. 청소는 내가 하잖아.
　지연　…그래도.
　아주머니　괜찮아. 각자 할 일 해야지. 선우 아가씨는 몰라서 그래. 나빠서 그러는 게 아니야. 선우 아가씨도

	정말 착해. 근데 정말 몰라 이런 사람들은. 그리
	고 선우 아가씨는 몰라도 되는 팔자고.
지연	그러면 아주머니는요?
아주머니	난 그런 걸 받아들여야 하는 팔자인 거지.
지연	저도 그렇겠죠?
아주머니	우리 아가씨는 그림 그릴 팔자지. 어서 여기 앉아
	그림 그려요.

소설에선 자세히 나오지 않지만, 선우의 생활을 탄탄히 받쳐주는 부유함에 거리감을 느껴온 지연은 자신이 통과해온 시절을 다음과 같이 혼잣말로 술회할지도. '아, 나는 몰라도 되는 팔자라는 게 익숙지 않은 삶이었어. 지금도 그렇고. 난 아주머니 말대로 그런 걸 받아들이는 팔자야.' (시간이 경과 후) '에이 또 그렇게 생각하니 속상한데. 나도 언젠가 돈 걱정 없이 그림 그릴 팔자가 되겠지… (이내) 정말?'

팔자에 대한 통찰은 생활력에서 나온다

작품 속 현실과 작품 밖 현실을 계속 맞대어본다. 아주머니의 설명대로 몰라도 되는 팔자를 지닌 사람이 악랄한 성격의 소유자는 아니리라. 소설 속 표현을 따르자면, 선우처럼 매사에 "나이스한 태도"를 지닌 사람을 떠올리게 된다. 인생에서 구김살이라곤 겪어본 적 없는 데서 뿜어져 나오는 여유가 있는 사람. 돌이켜보면, 내가 예술대학에서 만난 학생들은 지연처럼 자기 주변에서 선우와 같이 나이스함이 배어 있는 사람의 삶을 목격하곤 곧잘 서사화했다. 그리곤 서사가 마무리될 땐 팔자가 거론되었다. 한국이란 나라에서 태어나 사는 동안 부딪히는 삶의 난관을 굳이 몰라도, 사는 데 큰 지장이 없는 팔자에 부러움과 결핍을 느끼는 팔자. 계속 비교하게 되는 동료의 성격이 모나고 더러우면 좋으련만 성격마저 지랄맞게(?) 괜찮아서 자신의 삶이 평생 야속하게 느껴지는 팔자.

　소설 이야기로 돌아오자면, 「아름다운 나의 작업실」외에도 소설집에 담긴 작품엔 팔자에 대한 정서가 담겨 있다. 자칫 작가의 실제 삶을 한쪽으로 재단할까 조심스러우나, 예술학도 출신의 이상은이 써내려간 문장 곳곳에서, 우리네 삶을 이루는 팔자에 대해 예술학도에게서만 느껴온 섬세한 고찰을 경험했다. 그 고찰을 신뢰하는 이유를 '문학적 재능' '예술적 감수성' 식의 전형적인 수사로 뭉뚱그리고 싶진 않다. 대신 예대 시절 학생들이 자신의 팔자를 털어놓은 때를 상기하며 '생활력'이란 말을 꺼내어본다. 설명하려는 팔자와 생활력의 관계는 『남은 음식』의 인물들에게서 확인할 수 있다. 가령 팔자란 오롯이 글을 쓰기 위해 네이버 블로그를 하는 것이 아니라, 어느 때부터 포스트를 올리면 포인트를 벌 수 있음을 기민하게 챙길 수밖에 없는 이들의 관심사가 된다(「여름의 명암」). 팔자란 자식이 남자친구와 헤어진 뒤 병이라도 걸렸을까봐 걱정돼, 직장에서 남은 식품을 검은 봉지에 억척같이 싸오는 어머니의 생활력이 눈에 계속 밟히는 청년의 근심과 맞닿아 있다(「남은 음식」). 대개 사람들은 늦은 시간까지 카페에서 주점에서 저러한 팔자를 한탄하다 집으로 돌아오고 내일을 맞는다. 다만 그리 한탄한 후 기어이 노트북을 열어 몇 자라도 기록해보는 존재가 있다. 하루는 그것도 어렵다 싶어 누가 좋아요를 누르는 여부와 상관없이 본인의 인스타그램에 끼적이기도 한다. 그러다 문장은 문단이 되고 문단은 작품의 꼴을 갖춰 간다. 작품의 형태가 이뤄지는 동안 키보드를 누르고 있는 이는 왜 나는 나와 타인의 팔자, 그 팔자에서 기구한 사연을 감지하는 촉이 발달했을까 자문한다. 이상은은 그런 촉이 발달한 사람 같다.

이상은식 다정함

그 촉을 기반으로, 이상은은 소설 속 인물의 생활을 통해 서로 비슷한 처지로 느껴지는 누군가가 은근히 눈에 밟힌다는 팔자를 파고든다. 더 나아가 그 팔자를 작가 자신의 팔자로 여긴 채 인간의 삶을 향한 열린 시야를 추구하는 팔자로 나아간다. 『남은 음식』을 관통하는 팔자의 특성을 만남과 헤어짐으로 비유하자면, 팔자란 내 삶에서 멀어지고픈 것과 헤어졌다고 믿으며 살아왔는데, 어느 날 그것이 나에게 찰싹 붙어있음을 깨달을 때 체감된다. 그래서일까. 여섯 편의 픽션엔 헤어짐의 서사가 두드러진다. 이상은이 주목하는 헤어짐이란, 마음까지 떠난 온전한 결별과 거리가 멀다. 「여름의 명암」의 상원, 「남은 음식」의 선, 「장미 빌라」의 수인, 「우리가 사랑하는 방식」의 수현은 자신에게서 누군가가 멀리 떠났다 할지라도, 떠나보내게 된 타인의 속성이 어떻게든 다시 찾아와 얽히고설킬 수밖에 없는 팔자를 실감하는 캐릭터다.

현실에서 이런 타인을 만나면 대화는 어떻게 흘러가는가. 분명 자제한다고 하는데도 '인생 별 거 없잖아'라는 말로 타인의 팔자를 위무하고, 타인은 눈앞에 있는 이의 태도를 통해 자신이 특정한 삶의 방향성대로 가야 한다는 덕목을 요구받는 느낌이 든다. 이에 둔감한 조언자는 자기 자신이 건네는 조력의 성격을 다정함이란 이름으로 정의하곤 관계를 이어가버린다. 다행히도 이상은의 다정함엔 그런 게 없다. 그는 한 사회가 규정하는 행복을 향해 진취적인 열망을 품어보자는 일방향적 대안을 강권하지 않는다. 대신 이상은의 기록을 따라가다 보면 다정함이란, 사회가 구획해놓은 삶의 방향대로 따라가지 않으려는 팔자를 택한 타인과 나의 모습을 긍정해보는 태도가 아닐까 구체화된다. 아울러 이러한 다정함은 소설마다 계절이 주는 흔적과 사물의 상태를 묵묵히 묘사하는 대목에서 짙게 느껴진다. 그 묘사가 형성한 영역엔 앞날과 관계된 사람과 삶에 대한 열렬한 응원도 가슴을 후벼파는 서늘한 고백도 없다. 열렬한 응원도 서늘한 고백도 자기 자신에 대한 평가로 느껴지는 삶에 시달려온 이라면, 이상은식 다정함이 내재된 문장 속 계절미는 내가 추구하려는 고유한 가치를 되짚는 사색의 시간으로 다가온다. 덩달아 자신의 팔자에 관해 생각해 볼 사고의 공간을 만나는 기분이 들 것이다.

삶의 정상성으로 여겨온 것과 헤어질 팔자

이쯤 하여 오해를 막자면, 『남은 음식』이 나와 타자 사이 만남과 헤어짐에서 비롯된 팔자에 달관함을 성숙의 지표로 삼은 기록물은 아니다. 팔자를 연구하는 이의 공통된 견해처럼, 팔자는 숙명과 달리 나라는 사람을 얽매는 것에서 자유롭고 싶은 의지를 초래한다. 이어가자면 이상은 소설 속 여성 인물을 통해 한국 사회가 그동안 정상성이라고 자연스레 간주해온 것과 헤어질 팔자를 피력한다. 가령 「신부 입장」의 인아는 결혼식에서 자신에게 여성다움을 주입시켜온 아버지의 팔짱을 끼고 식장에 들어서는 풍습과 결별을 감행한다. 소설 속 표현을 빌리자면, 인아가 "싸워서 얻어낸 장면"은 '여성의 생애라면 모름지기 이래야지'라는 편견에 이별을 고한다. 이는 아직 그 형태를 모를 새롭고도 복잡다단한 팔자에 인아 자신을 맡겨보는 실천으로 이어진다.

이같이 이상은이 그려낸 여성은, 여성을 짓누르는 사회적 부조리를 개인의 팔자로 전환하여 삶을 해석할 때 밀려드는 압박감을 증언하는 존재다. 그로 말미암아 팔자는 사소하다는 세간의 인식 아래 자연스레 넘기는 타자의 그릇된 인식과 폭력성을 두고, 그것을 여성 자신이 살면서 어쩌다 한 번쯤 감내할 개인적 재난으로 수긍하게 만들어버린 사회적 압력을 비판하는 장치로도 작동한다.

혜안을 장착할 팔자를 선사하다

최종적으로 내가 『남은 음식』을 재료 삼아 이야기하려는 팔자란 다음과 같다. 팔자가 아무리 죽을 소리처럼 인식되어도, 어쩌다 내 입에서 팔자란 단어가 포함된 옛말이 나오면 아직 이 삶을 살고 싶다는 징표로 받아들이게 된다는 것. 그러므로 내가 자기자신과 상대방의 삶을 두고 팔자를 연상한다는 건, 오늘을 살아가기 위한 근거를 찾는 노력이라 할 수 있다.

이상은은 소설을 통해 팔자란 내 삶에 애정을 표하는 방식이자 타인의 모습과 삶이 나와 다를 수 있음을 존중하는 방식임을 이야기한다. 신기하게도 여태껏 팔자를 의식함이란, 내 삶의 불확실성을 더 이상 감당하지 못한다는 부담감으로 말미암아, 왜 내게 이런 일이 혹은 저런 일이 일어났는지 결국엔 개인이라는 요인에 정확한 좌표를 찍는 결정론에 가까웠다. 한데 이상은은 당신과 내가 겪는 갈등, 긴장, 와해, 무기력을 초래하는 요인을, 당신 자신과 나 자신이란 좌표로 고정해야 껄끄럽지 않게 살 수 있다는 우려에 잠식되지 않을 팔자를 꿈꾼다.

여기서 이상은이 소설을 통해 꿈꾸는 팔자에 내가 이끌리는 이유는 의연하고 꼿꼿하게 삶의 정답을 찾는 식으로 팔자를 향한 무용담을 강변하지 않기 때문이다. 그의 인물들은 살면서 고꾸라지고 낭패감을 맛보기 일쑤지만, 거기서 멈추지 않는다. 어쩌다 보니 이 세상에서 살게 됐고, 그러는 동안 자신의 처지와 비슷한 타인이 눈에 밟혀 애를 쓰는 팔자가 살아갈 재료가 됨을 믿는다. 이상은은 그 같은 인생의 신비로움을 떠받드는 건, 팔자 자체가 주는 기묘함이기보단 팔자를 통해 나와 타인의 현실을 세심하게 헤아리는 태도에서 시작됨이라고 말하는 듯하다.

이를 통해 당신과 나는 팔자 앞에서 왜 항상 손님인가라는 체념, 팔자에 대해 응당한 주인이 되어야 한다는 삶의 좌표 어디에도 속하지 않을 용기를 얻게 된다. 그리하여 『남은 음식』은 삶에서 절망이라고 여겨온 지점이 희망일 수도, 희망이라고 여겨온 부분이 절망일 수도 있음을 간파하는 혜안을 장착할 팔자를 선사한다.

기적의 날들이 아니더라도

어느 날 저녁, 버스를 타고 집에 돌아가는 길에 문득 오늘 아무 일도 일어나지 않았다는 걸 알아차렸다. 이내 하루가 끝나지 않으면 좋겠다고 생각했다. 무슨 일이라도 있기를 바랐던 20대가 지나고 이렇게 아무 일이 없기를 바라게 되다니. 붉은빛을 내뿜는 신호등을 가만히 바라보며 지나간 시간을 더듬어봤다.

20대 내내 나는 특별하길 바랐다. 예쁜 옷을 입고 괜찮은 취향을 내 것으로 만들려고 노력했다. 그렇게 노력하다 보면 누군가 나를 알아봐 주고 사랑해 줄 거라고 생각했다. 그러나 내 인생에 그런 일은 좀처럼 일어나질 않았다. 발버둥 쳐도 날 몰라주는 것 같아 도망가고 싶었고, 무엇인지 몰라도 포기하고 싶었다. 씩씩해서 견뎠던 게 아니라 버틸 수밖에 없어서 견뎠고, 포기할 용기가 없어 포기하지 못했다. 그래서 내가 쓴 이야기에 기적 같은 순간은 없다. 결국 집으로 돌아가고, 다시 일상을 살아간다. 더 멋진 순간을 만들어 주지 못해 이야기 속 주인공들에게 미안하기도 하지만, 그런 순간도 괜찮게 느껴지는 이야기를 쓰고 싶었다.

어릴 적 나는 사랑이 무지개쯤 되는 줄 알았다. 비가 갠 낮, 거리를 걷다 고개를 살짝 올리면 일곱 빛깔의 곡선이 아름답게 세상을 감싸고 있는 것. 방금까지만 해도 어둡던 세상을 포근하고 반짝이게 만드는 것. 그렇지만 아무래도 사랑은 그다지 아름다운 모양이 아닌 것 같다. 그래서 사랑을 알아차리는 것은 쉬운 일이 아니었다. 남은 음식에도 사랑이 있다는 것을 알기까지 족히 10년은 넘게 걸렸으니까. 돌아보면 사랑이었던 순간들. 사랑이라고 생각하지 못했던 것들에도 묻어있는 사랑을 이야기하고 싶었다.

나라는 사람을 알아보고 연락을 주신 김규열 편집자님께 고마움을 전한다. 처음부터 끝까지 내게 내어준 다정한 마음 덕분에 작업을 하는 내내 행복했다. 나의 글이 외롭지 않도록 예쁜 옷을 입혀준 수현 작가님께는 아름다운 따뜻함을 느끼게 해주어 감사하다. 나보다 나의 작품을 잘 읽어내주신 김신식 작가님께는 발문을 읽고 나의 감정을 다시 들여다볼 수 있게 돼 큰 위로를 받았다고 말씀드리고 싶다. 이렇게 글을 통해 여러 사람들과 연결되는 귀한 경험을 하니 이번 책을 통해 진정으로 작가가 된 느낌이 들었다.

내가 글을 쓰는 일을 하는 줄 모르고 계신 엄마 이경혜에게는 처음으로 드리는 책이라 놀라셨을 테니 그동안 숨겨서 미안하다는 말을 우선으로 전하고 싶다. 글 쓰는 딸에 대해 걱정이 더 많아지시겠지만 엄마의 사랑을 받아 단단한 어른이 되어가고 있다. 엄마의 사랑에 부응하는 어른이 되겠다고 약속한다. 불안한 20대 내내 정처 없이 떠돌던 나의 마음을 빈틈없이 안아준 환현에게는 사랑을 보낸다. 앞으로도 많은 시간을 약속하고 싶다. 마지막으로 나를 응원해 주는 친구들과 나의 책을 계속 읽어주시고 나라는 사람에게 관심을 가져주시는 독자분들께 진심으로 사랑한다고 말하고 싶다. 덕분에 계속 글을 쓰고 더 나은 사람으로 나아갈 힘이 생긴다. 좋은 작품으로 갚도록 노력하겠다.

쓰는 동안 평범한 날들을 떠올렸다. 기적의 날들이 아니더라도, 사랑을 느낄 수 있었던 날들. 이 책을 읽는 사람들에게 그런 순간이 떠오르고 또 많이 생기기를 바란다. 다가올 겨울은 모두가 평범하게 따뜻했으면 좋겠다.

2023 가을
이상은

남은 음식

초판 1쇄 발행 2023년 10월 23일

지은이 이상은

펴낸이 김규열

디자인 김규열, 김한별

브랜딩 송하영

펴낸곳 출판사 결

출판등록 2022년 5월 17일 제2022-000013호

전자우편 gyeolpress@gmail.com

ISBN 979-11-979322-4-3(03810)